INTRODUCTION ET INSTRUCTIONS

*Ilya Frank (**www.franklang.ru**) est l'auteur du texte suivant, que nous avons abrégé et légèrement modifié :*

Si vous êtes débutant, nous vous recommandons de commencer par lire le texte dans la langue étrangère, en utilisant la traduction comme support à la compréhension. Par la suite ce support ne sera plus nécessaire. Si vous réalisez que vous avez oublié la signification d'un mot particulier, vous n'avez pas besoin d'en chercher la traduction tant que vous comprenez le sens général de la phrase ; vous aurez l'occasion de retrouver ce mot de nombreuses fois par la suite.

Au début, vous aurez l'impression d'être submergé de mots et de structures inconnues. C'est normal, et ne doit pas vous inquiéter. Tandis que vous progresserez, ce qui apparaissait d'abord comme inconnu et incompréhensible deviendra familier et limpide. Lorsque vous vous en sentirez capable, vous pourrez lire la langue étrangère d'abord en essayant de comprendre, puis jeter un œil à la traduction juste pour vérifier votre compréhension.

Afin d'apprendre un mot inconnu, il est préférable de le rencontrer dans des contextes linguistiques variés, plutôt que de le répéter à l'infini ou de bachoter. L'essentiel du vocabulaire nécessaire, si vous lisez en suivant ma méthode, sera absorbé par répétition des mots dans le texte. Ainsi, après avoir lu le texte, vous ne devez pas essayer de mémoriser les mots individuellement.

INTRODUCTION AND INSTRUCTIONS FOR USE

*The following text was originally written by Ilya Frank (**www.franklang.ru**), and has been abridged and adapted slightly:*

As a beginner, you should start by reading the text in the foreign language, using the translation as a support for comprehension. Later this support will no longer be necessary. If you then find you have forgotten the meaning of a particular word, so long as you understand the general meaning of the sentence, you don't have to search for its translation; you'll see the word many times again.

At first you'll feel inundated by unknown words and structures. This is normal, and not a cause for concern. As you continue, what at first appears alien and incomprehensible will become familiar and transparent. When you feel able, you should read the foreign language first and try to understand, then glance at the translation just to check your comprehension.

To learn a new word, rather than endlessly repeating it or cramming, it's much better to meet it in various different linguistic contexts. The bulk of the necessary vocabulary, when reading according to my method, is absorbed as words are repeated in the text. So, having read the text, you shouldn't try to memorise individual words.

Plus vous lirez, plus vous progresserez vite. Aussi bizarre que cela puisse paraître, moins vous passerez de temps à analyser, plus vous serez détendu, et meilleurs seront les résultats. Le volume de matériel fera le travail, et la quantité deviendra qualité. Tout ce qui est requis de la part de l'étudiant est l'écoute, en portant une attention particulière, non au langage lui-même, mais à l'histoire.

Le langage, par sa nature même, est un moyen, et non une fin. On l'apprend, non pas en l'étudiant en tant que telle, mais en l'utilisant, soit dans la vie courante, soit par immersion dans une lecture captivante. Il s'agit moins de règles de logique ou de mémorisation que d'acquérir une compétence ou un ensemble d'habitudes. C'est un peu comme apprendre un sport, qu'il faut pratiquer régulièrement avant de voir des résultats. Les compétences acquises de cette manière ne seront pas faciles à perdre, même après des années sans les utiliser.

Et la grammaire alors ? Afin de comprendre les textes adaptés à cette méthode, une connaissance détaillée de la grammaire n'est pas nécessaire. Une fois que vous serez familiarisé à certaines structures de la langue, vous formerez votre compréhension intuitive de ces principes. C'est de cette manière que les personnes vivant dans l'environnement linguistique d'une langue donnée sont capables de l'apprendre correctement, sans avoir jamais appris formellement la grammaire de cette langue.

The more you read, the faster you'll make progress. As strange as it may seem, the less you analyse, and the more relaxed you are, the better. The volume of material does the job, and quantity turns into quality. All that is required of the student is that he reads, paying attention not to the language itself, but rather to the story.

Language, by its very nature, is a means, and not an end; it is best internalised not when it is explicitly studied, but rather when it is used naturally, either in a living environment, or whilst immersed in an enthralling read. It's less about logic or memorising rules than it is about acquiring a skill, or a set of habits. It's more like learning to play a sport, that must be engaged in regularly in order to see results. The skills that you acquire in this manner will not easily be lost, even after years of disuse.

What about grammar? To understand texts adapted in this way, a detailed knowledge of grammar is not necessary. Once you become acquainted with certain structures of the language, you will come to form your own intuitive understanding of the same principles. This is the same way in which people are able to learn to speak a language correctly by living in the language's linguistic environment, having never been formally instructed in the language's grammar.

Ceci ne veut pas dire qu'il faille éviter la grammaire, mais plutôt que, pour appréhender une langue, les notions les plus basiques suffisent. Il est plus utile et intéressant d'étudier la grammaire de manière plus détaillée à un niveau ultérieur.

Ce livre aidera ceux qui apprennent une langue étrangère à franchir une barrière importante, en leur permettant d' « entrer » immédiatement dans la langue et de s'habituer à sa logique, économisant ainsi du temps et des efforts.

QUELQUES NOTES DE L'ÉDITEUR :

Ayant travaillé avec de nombreux textes bilingues, je peux témoigner que l'expérience auditive est primordiale pour intégrer les structures d'une langue. Je vous conseille donc d'écouter les enregistrements tout en suivant le texte, et parfois d'écouter les enregistrements individuellement.

Vous trouverez peut-être utile de commencer par lire un chapitre dans votre propre langue, avant de commencer à lire le texte en langue étrangère. Il existe d'autres techniques qui peuvent être utilisées, telles que répéter à haute voix en suivant l'enregistrement, ou traduire à partir de votre propre langue vers la langue étrangère.

Ne paniquez pas si vous avez l'impression d'atteindre un seuil dans votre apprentissage. La connaissance linguistique, à partir du moment où nous sommes confrontés à un matériel nouveau, paraît nécessiter une période d'incubation avant de devenir une compétence utilisable, et les progrès se font souvent par à-coups. Vous remarquerez parfois même une différence marquée après une bonne nuit de sommeil.

That's not to say grammar should be avoided, but rather that to engage with a language, and start using it, the most basic notions will suffice. It's more useful and interesting to study grammar in more detail at a later stage.

This book helps those studying a foreign language to overcome an important barrier: to immediately 'enter' the language and get used to its logic, thus saving much time and effort.

A FEW NOTES FROM THE PUBLISHER:

In my own experience in working with bilingual texts, the use of audio is central to internalising the structures of the language. You should listen to the recordings while following along in the book, and sometimes listen to them by themselves.

You might find it helpful to first read a chapter in your own language before starting to read the foreign language. There are other techniques that can be used, such as repeating out loud with the recording, or translating from your own language into the foreign language.

Don't be alarmed if you seem to reach a plateau in your learning. Linguistic knowledge, from the time we are first presented with new material, seems to need a period of incubation before it is made available for our use, and progress often comes in bursts. Sometimes you will notice a difference after a good nights sleep.

Il est important d'étudier régulièrement, en faisant de vos études une habitude. Trouvez un endroit calme, sans distractions. Un environnement plaisant et agréable est essentiel pour accaparer votre esprit et mettre de côté vos autres soucis pour un moment.

It's important to study regularly, by making a habit of your studies. Find a quiet spot without distractions. A pleasant and relaxing environment is essential to allow yourself to focus and put aside your other concerns for a time.

L'élève doit prendre la responsabilité de son propre apprentissage afin de réussir, mais ceci n'est bien sûr pas spécifique à l'apprentissage d'une langue.

The learner must take responsibility for his own learning in order to be successful, but this is not specific to learning a language.

L'utilisation de matériel et de techniques d'apprentissage appropriés, associé à une méthode cohérente, permet de réaliser de grandes choses en autodidacte. Je vous recommande vivement de consulter *www.omilialanguages.com* pour plus de conseils, des listes de matériel recommandé et des liens utiles.

By using the right materials and techniques combined with consistency, remarkable things can be achieved through self-study. I highly recommend you to visit *www.omilialanguages.com* for more advice, lists of recommended materials, and useful links.

Nous espérons que ce livre sera le premier d'une série de livres similaires, couvrant une large gamme de langues.

It is hoped that this book will be the first in a series of similar materials, covering a wide range of languages.

Bonne chance dans votre apprentissage.

Good luck with your studies.

À Léon Werth.

À Léon Werth.

Je demande pardon aux enfants d'avoir dédié ce livre à une grande personne. J'ai une excuse sérieuse: cette grande personne est le meilleur ami que j'ai au monde. J'ai une autre excuse: cette grande personne peut tout comprendre, même les livres pour enfants. J'ai une troisième excuse: cette grande personne habite la France où elle a faim et froid. Elle a bien besoin d'être consolée. Si toutes ces excuses ne suffisent pas, je veux bien dédier ce livre à l'enfant qu'a été autrefois cette grande personne. Toutes les grandes personnes ont d'abord été des enfants. (Mais peu d'entre elles s'en souviennent.) Je corrige donc ma dédicace:

À Léon Werth
quand il était petit garçon.

To Leon Werth

I apologise to the children for having dedicated this book to a grown-up. I have a good excuse: this grown-up is the best friend I have in the world. I have another excuse: this grown-up can understand everything, even children's books. I have a third excuse: this grown-up lives in France, where he is hungry and cold. He really needs cheering up. If all these reasons are not enough, I would like to dedicate this book to the child that this grown-up used to be. All grown-ups were first children. (Although few of them remember it.) I thus correct my dedication:

To Leon Werth
when he was a little boy.

CHAPITRE I

Lorsque j'avais six ans j'ai vu, une fois, une magnifique image, dans un livre sur la forêt vierge qui s'appelait « Histoires vécues. » Ca représentait un serpent boa qui avalait un fauve. Voilà la copie du dessin.

Once, when I was six years old, I saw a magnificent picture in a book about the primeval forest called 'Real-life Stories.' It showed a boa constrictor swallowing a wild animal. Here is a copy of the drawing.

On disait dans le livre: « Les serpents boas avalent leur proie tout entière, sans la mâcher. Ensuite ils ne peuvent plus bouger et ils dorment pendant les six mois de leur digestion. »

It said in the book: "Boa constrictors swallow their prey whole, without chewing. Then they are not able to move, and they sleep for the six months it takes for digestion."

J'ai alors beaucoup réfléchi sur les aventures de la jungle et, à mon tour, j'ai réussi, avec un crayon de couleur, à tracer mon premier dessin. Mon dessin numéro 1. Il était comme ça:

So I thought a lot about the adventures of the jungle and, in turn, I managed, with a coloured pencil, to make my first drawing. My Drawing No. 1. It looked like this:

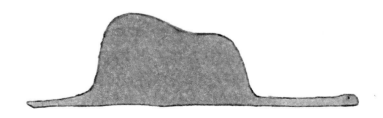

J'ai montré mon chef d'œuvre aux grandes personnes et je leur ai demandé si mon dessin leur faisait peur.

Elles m'ont répondu: « Pourquoi un chapeau ferait-il peur? »

Mon dessin ne représentait pas un chapeau. Il représentait un serpent boa qui digérait un éléphant. J'ai alors dessiné l'intérieur du serpent boa, afin que les grandes personnes puissent comprendre. Elles ont toujours besoin d'explications. Mon dessin numéro 2 était comme ça:

I showed my masterpiece to the grown-ups and I asked them if my drawing frightened them.

They answered me: "Why would anyone be frightened by a hat?"

My drawing was not of a hat. It showed a boa constrictor digesting an elephant. I then drew the inside of the boa constrictor, so that the grown-ups could understand. They always need to have things explained. My Drawing No. 2 looked like this:

Les grandes personnes m'ont conseillé de laisser de côté les dessins de serpents boas ouverts ou fermés, et de m'intéresser plutôt à la géographie, à l'histoire, au calcul et à la grammaire. C'est ainsi que j'ai abandonné, à l'âge de six ans, une magnifique carrière de peinture. J'avais été découragé par l'insuccès de mon dessin numéro 1 et de mon dessin numéro 2. Les grandes personnes ne comprennent jamais rien toutes seules, et c'est fatigant, pour les enfants, de toujours et toujours leur donner des explications.

The grown-ups advised me to leave aside drawings of boa constrictors, open or closed, and to apply myself instead to geography, history, arithmetic and grammar. Thus I abandoned, at the age of six, a magnificent career as a painter. I was discouraged by the failure of my Drawing No. 1 and of my Drawing No. 2. Grown-ups never understand anything by themselves, and it's tiresome for children to always explain things for them again and again.

J'ai donc dû choisir un autre métier et j'ai appris à piloter des avions. J'ai volé un peu partout dans le monde. Et la géographie, c'est exact, m'a beaucoup servi. Je savais reconnaître, du premier coup d'œil, la Chine de l'Arizona. C'est très utile, si l'on s'est égaré pendant la nuit.

J'ai ainsi eu, au cours de ma vie, des tas de contacts avec des tas de gens sérieux. J'ai beaucoup vécu chez les grandes personnes. Je les ai vues de très près. Ça n'a pas trop amélioré mon opinion.

Quand j'en rencontrais une qui me paraissait un peu lucide, je faisais l'expérience sur elle de mon dessin numéro 1 que j'ai toujours conservé. Je voulais savoir si elle était vraiment compréhensive. Mais toujours elle me répondait: « C'est un chapeau. » Alors je ne lui parlais ni de serpents boas, ni de forêts vierges, ni d'étoiles. Je me mettais à sa portée. Je lui parlais de bridge, de golf, de politique et de cravates. Et la grande personne était bien contente de connaître un homme aussi raisonnable.

So I had to choose another profession, and I learned to fly airplanes. I flew a little in many places around the world. And geography, it's true, has served me well. I could recognize, at first glance, China from Arizona. It's very useful if you get lost at night.

I have had, during my life, a lot of contact with many persons of consequence. I have lived a lot amongst the grown-ups. I have seen them from close up. It hasn't much improved my opinion of them.

Whenever I met one of them that seemed a bit more clear-sighted, I tried the experiment of showing them my Drawing No. 1, that I've always kept. I wanted to know if they were really a person of true understanding. But they always responded: "It's a hat." So I would never speak to them of boa constrictors, nor of primeval forests, nor of the stars. I put myself at their level. I talked to them about bridge, golf, politics and neckties. And the grown-up was glad to know such a sensible man.

CHAPITRE II

J'ai ainsi vécu seul, sans personne avec qui parler véritablement, jusqu'à une panne dans le désert du Sahara, il y a six ans. Quelque chose s'était cassé dans mon moteur. Et comme je n'avais avec moi ni mécanicien, ni passagers, je me préparai à essayer de réussir, tout seul, une réparation difficile. C'était pour moi une question de vie ou de mort. J'avais à peine de l'eau à boire pour huit jours.

Le premier soir je me suis donc endormi sur le sable à mille milles de toute terre habitée. J'étais bien plus isolé qu'un naufragé sur un radeau au milieu de l'océan. Alors vous imaginez ma surprise, au lever du jour, quand une drôle de petite voix m'a réveillé. Elle disait:

— S'il vous plaît… dessine-moi un mouton!

— Hein!

— Dessine-moi un mouton…

J'ai sauté sur mes pieds comme si j'avais été frappé par la foudre. J'ai bien frotté mes yeux. J'ai bien regardé. Et j'ai vu un petit bonhomme tout à fait extraordinaire qui me considérait gravement. Voilà le meilleur portrait que, plus tard, j'ai réussi à faire de lui. Mais mon dessin, bien sûr, est beaucoup moins ravissant que le modèle. Ce n'est pas ma faute. J'avais été découragé dans ma carrière de peintre par les grandes personnes, à l'âge de six ans, et je n'avais rien appris à dessiner, sauf les boas fermés et les boas ouverts.

CHAPTER II

So I lived alone, without anyone I could really talk to, until a breakdown in the Sahara desert, six years ago. Something had broken in my engine. And as I had with me neither a mechanic nor any passengers, I readied myself to try and carry out, all alone, the difficult repairs. For me it was a matter of life or death. I had hardly enough water to drink for a week.

The first night I went to sleep on the sand, a thousand miles from any human habitation. I was more isolated than a shipwrecked sailor on a raft in the middle of the ocean. So you can imagine my surprise when at daybreak, a funny little voice woke me up. It said:

"Please… draw me a sheep!"

"What?"

"Draw me a sheep!"

I jumped to my feet as if I'd been struck by lightning. I rubbed my eyes. I took a good look around me. And I saw a quite extraordinary little man, who was examining me seriously. Here is the best portrait that, later, I managed to do of him. But my drawing, of course, is much less charming than its model. It's not my fault. I was discouraged in my career as a painter by the grown-ups, at the age of six, and I hadn't learned to draw anything except boa constrictors, closed and open.

Je regardai donc cette apparition avec des yeux tout ronds d'étonnement. N'oubliez pas que je me trouvais à mille milles de toute région habitée. Or mon petit bonhomme ne me semblait ni égaré, ni mort de fatigue, ni mort de faim, ni mort de soif, ni mort de peur. Il n'avait en rien l'apparence d'un enfant perdu au milieu du désert, à mille milles de toute région habitée. Quand je réussis enfin à parler, je lui dis:

— Mais… qu'est-ce que tu fais là?

Et il me répéta alors, tout doucement, comme une chose très sérieuse:

— S'il vous plaît… dessine-moi un mouton…

I stared at this sudden apparition wide eyed with astonishment. Remember that I was a thousand miles from any inhabited region. And yet this little fellow seemed neither lost, nor half-dead with fatigue, nor starved or dying of thirst or fear. He looked nothing like a child lost in the middle of the desert, a thousand miles from any inhabited region. When I finally managed to speak, I said:

"But—what are you doing here?"

And he repeated, very slowly, as if it was something very serious:

"Please… draw me a sheep…"

Quand le mystère est trop impressionnant, on n'ose pas désobéir. Aussi absurde que cela me semblât à mille milles de tous les endroits habités et en danger de mort, je sortis de ma poche une feuille de papier et un stylographe. Mais je me rappelai alors que j'avais surtout étudié la géographie, l'histoire, le calcul et la grammaire et je dis au petit bonhomme (avec un peu de mauvaise humeur) que je ne savais pas dessiner. Il me répondit:

— Ca ne fait rien. Dessine-moi un mouton.

Comme je n'avais jamais dessiné un mouton je refis, pour lui, l'un des deux seuls dessins dont j'étais capable. Celui du boa fermé. Et je fus stupéfait d'entendre le petit bonhomme me répondre:

— Non! Non! je ne veux pas d'un éléphant dans un boa. Un boa c'est très dangereux, et un éléphant c'est très encombrant. Chez moi c'est tout petit. J'ai besoin d'un mouton. Dessine-moi un mouton.

Alors j'ai dessiné.

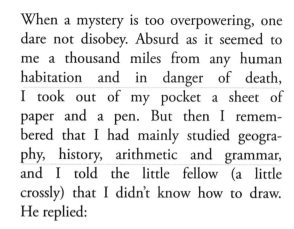

Il regarda attentivement, puis:

— Non! Celui-là est déjà très malade. Fais-en un autre.

Je dessinai:

Mon ami sourit gentiment, avec indulgence:

— Tu vois bien… ce n'est pas un mouton, c'est un bélier. Il a des cornes…

Je refis donc encore mon dessin:

When a mystery is too overpowering, one dare not disobey. Absurd as it seemed to me a thousand miles from any human habitation and in danger of death, I took out of my pocket a sheet of paper and a pen. But then I remembered that I had mainly studied geography, history, arithmetic and grammar, and I told the little fellow (a little crossly) that I didn't know how to draw. He replied:

"It doesn't matter. Draw me a sheep."

As I'd never drawn a sheep, I redrew for him one of the only two drawings that I was capable of. The one of the closed boa constrictor. And I was astounded to hear the little fellow respond:

"No! No! I don't want an elephant inside a boa constrictor. A boa constrictor is very dangerous, and an elephant is very cumbersome. Where I live everything is very small. I need a sheep. Draw me a sheep."

So I drew.

He looked carefully, then said:

"No! This one's already very sick. Make another one."

I drew again:

My friend smiled gently and indulgently:

"You can see yourself… this isn't a sheep, it's a ram. It has horns… "

So once again I redid my drawing:

Mais il fut refusé, comme les précédents:

— Celui-là est trop vieux. Je veux un mouton qui vive longtemps.

Alors, faute de patience, comme j'avais hâte de commencer le démontage de mon moteur, je griffonnai ce dessin-ci:

But it was rejected, like the previous ones:

"This one's too old. I want a sheep that will live a long time."

So, getting impatient, as I was eager to start dismantling my engine, I hastily sketched this drawing:

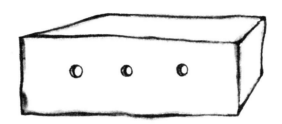

Et je lançai:

— Ça c'est la caisse. Le mouton que tu veux est dedans.

Mais je fus bien surpris de voir s'illuminer le visage de mon jeune juge:

— C'est tout à fait comme ça que je le voulais! Crois-tu qu'il faille beaucoup d'herbe à ce mouton?

— Pourquoi?

— Parce que chez moi c'est tout petit…

— Ça suffira sûrement. Je t'ai donné un tout petit mouton.

Il pencha la tête vers le dessin:

— Pas si petit que ça… Tiens! Il s'est endormi…

Et c'est ainsi que je fis la connaissance du petit prince.

And I snapped:

"This here is the box. The sheep you want is inside."

But I was very surprised to see the face of my young judge light up:

"It's exactly the way I wanted! Do you think this sheep needs a lot of grass?"

"Why?"

"Because where I'm from everything is very small…"

"There will certainly be enough. I gave you a very small sheep."

He leaned his head towards the drawing:

"Not that small… Look! He's fallen asleep…"

And that's how I met the little prince.

CHAPITRE III

Il me fallut longtemps pour comprendre d'où il venait. Le petit prince, qui me posait beaucoup de questions, ne semblait jamais entendre les miennes. Ce sont des mots prononcés par hasard qui, peu à peu, m'ont tout révélé. Ainsi, quand il aperçut pour la première fois mon avion (je ne dessinerai pas mon avion, c'est un dessin beaucoup trop compliqué pour moi) il me demanda:

— Qu'est-ce que c'est que cette chose-là?

— Ce n'est pas une chose. Ça vole. C'est un avion. C'est mon avion.

It took me a long time to find out where he came from. The little prince, who asked me many questions, never seemed to hear my own. It was the words spoken by chance that, little by little, revealed everything to me. So, when he saw my airplane for the first time (I won't draw my airplane, it would be a drawing far too complicated for me), he asked me:

"What's that thing there?"

"It's not a thing. It flies. It's an airplane. It's my airplane."

Et j'étais fier de lui apprendre que je volais. Alors il s'écria:

— Comment! tu es tombé du ciel!

— Oui, fis-je modestement.

— Ah! ça c'est drôle !…

Et le petit prince eut un très joli éclat de rire qui m'irrita beaucoup. Je désire que l'on prenne mes malheurs au sérieux. Puis il ajouta:

— Alors, toi aussi tu viens du ciel! De quelle planète es-tu?

J'entrevis aussitôt une lueur, dans le mystère de sa présence, et j'interrogeai brusquement:

— Tu viens donc d'une autre planète?

Mais il ne me répondit pas. Il hochait la tête doucement tout en regardant mon avion:

— C'est vrai que, là-dessus, tu ne peux pas venir de bien loin…

Et il s'enfonça dans une rêverie qui dura longtemps. Puis, sortant mon mouton de sa poche, il se plongea dans la contemplation de son trésor.

Vous imaginez combien j'avais pu être intrigué par cette demi-confidence sur « les autres planètes ». Je m'efforçai donc d'en savoir plus long:

— D'où viens-tu mon petit bonhomme? Où est-ce « chez toi »? Où veux-tu emporter mon mouton?

Il me répondit après un silence méditatif:

And I was proud to have him know that I could fly. Then he cried:

"What? You fell from the sky!"

"Yes," I said modestly.

"Oh! That's funny !…"

And the little prince broke into a lovely peal of laughter, which irritated me very much. I prefer people to take my misfortunes seriously. Then he added:

"So, you also come from the sky! What planet are you from?"

I caught a glimpse into the mystery of his presence, and I asked abruptly:

"So you come from another planet then?"

But he didn't answer. He shook his head slowly whilst looking at my airplane:

"It's true that you can't have come from far away in that thing…"

And he drifted into a daydream which lasted a long while. Then, taking my sheep out of his pocket, he sank himself into the contemplation of his treasure.

You can imagine how my curiosity was aroused by this small disclosure about 'the other planets.' So I tried to find out more:

"Where are you from my little fellow? Where's this 'where I live' of yours? Where do you take my sheep off to?"

After a reflective silence he answered:

— Ce qui est bien, avec la caisse que tu m'as donnée, c'est que, la nuit, ça lui servira de maison.

— Bien sûr. Et si tu es gentil, je te donnerai aussi une corde pour l'attacher pendant le jour. Et un piquet.

La proposition parut choquer le petit prince:

— L'attacher? Quelle drôle d'idée!

— Mais si tu ne l'attaches pas, il ira n'importe où, et il se perdra.

Et mon ami eut un nouvel éclat de rire:

— Mais où veux-tu qu'il aille!

— N'importe où. Droit devant lui…

Alors le petit prince remarqua gravement:

— Ça ne fait rien, c'est tellement petit, chez moi!

Et, avec un peu de mélancolie, peut-être, il ajouta:

— Droit devant soi on ne peut pas aller bien loin…

"What's good about the box you've given me is that at night, he can use it as a house."

"That's right. And if you're good, I'll give you a rope to tie him up with during the day. And a stake."

The offer seemed to shock the little prince:

"Tie him up? What a funny idea!"

"But if you don't tie him up, he'll wander off, and get lost."

My friend broke into another peal of laughter:

"Where do you think he'd go!"

"Anywhere. Straight ahead…"

Then the little prince said gravely:

"That doesn't matter; where I live, everything is so small!"

And perhaps with a hint of sadness, he added:

"Straight ahead you can't go far…"

CHAPITRE IV

J'avais ainsi appris une seconde chose très importante: c'est que sa planète d'origine était à peine plus grande qu'une maison!

Ça ne pouvait pas m'étonner beaucoup. Je savais bien qu'en dehors des grosses planètes comme la Terre, Jupiter, Mars, Vénus, auxquelles on a donné des noms, il y en a des centaines d'autres qui sont quelquefois si petites qu'on a beaucoup de mal à les apercevoir au télescope. Quand un astronome découvre l'une d'elles, il lui donne pour nom un numéro. Il l'appelle par exemple: « l'astéroïde 325. »

J'ai de sérieuses raisons de croire que la planète d'où venait le petit prince est l'astéroïde B-612. Cet astéroïde n'a été aperçu qu'une fois au télescope, en 1909, par un astronome turc.

I thus learned a second very important thing: that his home planet was barely bigger than a house!

It didn't surprise me much. I knew that, apart from the large planets like the Earth, Jupiter, Mars, and Venus, which have been given names, there are hundreds of others that are sometimes so small that one has great difficulty in spotting them through the telescope. When an astronomer discovers one of these, he gives it a number for as name. He might call it for example "asteroid 325."

I have serious reason to believe that the planet from where the little prince came is the asteroid B-612. This asteroid has only been seen through a telescope once, in 1909, by a Turkish astronomer.

Il avait fait alors une grande démonstration de sa découverte à un
congrès international d'astronomie.
Mais personne ne l'avait cru à cause de
son costume. Les grandes personnes sont
comme ça.

He had then given a big presentation on his discovery at an international astronomy conference.
But nobody had believed him because of his
outfit. Grown-ups are like that.

Heureusement, pour la réputation de
l'astéroïde B-612 un dictateur turc
imposa à son peuple, sous peine de mort,
de s'habiller à l'européenne.
L'astronome refit sa démonstration
en 1920, dans un habit très élégant.
Et cette fois-ci tout le monde fut de son avis.

Fortunately for the reputation of Asteroid B-612, a Turkish dictator im-
posed on his people, on pain of death,
to dress themselves in the European fashion.
The astronomer gave his presentation
again in 1920, dressed very stylishly.
And this time everybody believed him.

16

Si je vous ai raconté ces détails sur l'astéroïde B-612 et si je vous ai confié son numéro, c'est à cause des grandes personnes. Les grandes personnes aiment les chiffres. Quand vous leur parlez d'un nouvel ami, elles ne vous questionnent jamais sur l'essentiel. Elles ne vous disent jamais: « Quel est le son de sa voix? Quels sont les jeux qu'il préfère? Est-ce qu'il collectionne les papillons? » Elles vous demandent: « Quel âge a-t-il? Combien a-t-il de frères? Combien pèse-t-il? Combien gagne son père? » Alors seulement elles croient le connaître. Si vous dites aux grandes personnes: « J'ai vu une belle maison en briques roses, avec des géraniums aux fenêtres et des colombes sur le toit… », elles ne parviennent pas à s'imaginer cette maison. Il faut leur dire: « J'ai vu une maison de cent mille francs. » Alors elles s'écrient: « Comme c'est joli! »

Ainsi, si vous leur dites: « La preuve que le petit prince a existé c'est qu'il était ravissant, qu'il riait et qu'il voulait un mouton. Quand on veut un mouton, c'est la preuve qu'on existe », elles hausseront les épaules et vous traiteront d'enfant! Mais si vous leur dites: « La planète d'où il venait est l'astéroïde B-612 » alors elles seront convaincues, et elles vous laisseront tranquille avec leurs questions. Elles sont comme ça. Il ne faut pas leur en vouloir. Les enfants doivent être très indulgents envers les grandes personnes.

Mais, bien sûr, nous qui comprenons la vie, nous nous moquons bien des numéros! J'aurais aimé commencer cette histoire à la façon des contes de fées. J'aurais aimé dire:

If I have told you these details about the asteroid B-612, and revealed to you its number, it's because of the grown-ups. Grown-ups love numbers. When you talk to them about a new friend, they never ask you about any of the important things. They never ask you: "How does his voice sound? What games does he like best? Does he collect butterflies?" They ask: "How old is he? How many brothers does he have? How much does he weigh? How much money does his father make?" Only then do they think they know him. If you said to the grown-ups: "I saw a beautiful red brick house with geraniums by the windows and doves on the roof…," they wouldn't be able to picture this house in their minds. You'd have to tell them: "I saw a hundred thousand franc house." And they'd cry: "How pretty!"

So if you were to say to them: "The proof that the little prince existed is that he was charming, he laughed, and he wanted a sheep. If someone wants a sheep, that proves they exist," they'd shrug their shoulders and treat you like a child. But if you were to say: "The planet he came from is the Asteroid B-612", they'd be convinced, and leave you in peace and spare you their questions. They're like that. Don't blame them. Children should be forgiving towards the grown-ups.

But, of course, those of us who understand life, we don't much care for numbers! I'd have liked to begin this story in the same way as a fairy tale. I'd have liked to say:

« Il était une fois un petit prince qui habitait une planète à peine plus grande que lui, et qui avait besoin d'un ami… » Pour ceux qui comprennent la vie, ça aurait eu l'air beaucoup plus vrai.

Car je n'aime pas qu'on lise mon livre à la légère. J'éprouve tant de chagrin à raconter ces souvenirs. Il y a six ans déjà que mon ami s'en est allé avec son mouton. Si j'essaie ici de le décrire, c'est afin de ne pas l'oublier. C'est triste d'oublier un ami. Tout le monde n'a pas eu un ami. Et je puis devenir comme les grandes personnes qui ne s'intéressent plus qu'aux chiffres. C'est donc pour ça encore que j'ai acheté une boîte de couleurs et des crayons. C'est dur de se remettre au dessin, à mon âge, quand on n'a jamais fait d'autres tentatives que celle d'un boa fermé et celle d'un boa ouvert, à l'âge de six ans! J'essaierai, bien sûr, de faire des portraits le plus ressemblants possible. Mais je ne suis pas tout à fait certain de réussir. Un dessin va, et l'autre ne ressemble plus. Je me trompe un peu aussi sur la taille. Ici le petit prince est trop grand. Là il est trop petit. J'hésite aussi sur la couleur de son costume. Alors je tâtonne comme ci et comme ça, tant bien que mal. Je me tromperai enfin sur certains détails plus importants. Mais ça, il faudra me le pardonner. Mon ami ne donnait jamais d'explications. Il me croyait peut-être semblable à lui. Mais moi, malheureusement, je ne sais pas voir les moutons à travers les caisses. Je suis peut-être un peu comme les grandes personnes. J'ai dû vieillir.

"Once upon a time, there was a little prince who lived on a planet not much bigger than himself, and who needed a friend…" For those who understand life, it would have seemed much more natural.

For I don't want my book to be read lightly. I feel so much sadness in recounting these memories. It's already been six years since my friend left with his sheep. If I try to describe him here, it's so as not to forget him. It's sad to forget a friend. Not everyone has had a friend. And if I forgot him, I could become like the grown-ups who are only interested in numbers. So that's why I have again bought a box of paints and some pencils. It's hard to take up drawing again at my age, when I have only ever attempted to draw a boa constrictor, closed and open, at the age of six! I'll try, of course, to make my portraits as lifelike as possible. But I'm not quite sure I'll succeed. Some drawings go alright; others don't look like their subjects. I also get the size a bit wrong. Here the little prince is too big. There he's too small. I'm also not sure about the colour of his outfit. So I fumble along somehow, as best I can. I will make mistakes on certain important points too. But you'll have to forgive me that. My friend never gave explanations. Perhaps he thought I was just like himself. But I, unfortunately, don't know how to see sheep through boxes. Perhaps I'm a bit like the grown-ups. I must have got older.

CHAPITRE V

Chaque jour j'apprenais quelque chose sur la planète, sur le départ, sur le voyage. Ça venait tout doucement, au hasard des réflexions. C'est ainsi que, le troisième jour, je connus le drame des baobabs.

Cette fois-ci encore ce fut grâce au mouton, car brusquement le petit prince m'interrogea, comme pris d'un doute grave:

— C'est bien vrai, n'est-ce pas, que les moutons mangent les arbustes?

— Oui. C'est vrai.

— Ah! je suis content!

Je ne compris pas pourquoi il était si important que les moutons mangeassent les arbustes. Mais le petit prince ajouta:

— Par conséquent ils mangent aussi les baobabs?

Je fis remarquer au petit prince que les baobabs ne sont pas des arbustes, mais des arbres grands comme des églises et que, si même il emportait avec lui tout un troupeau d'éléphants, ce troupeau ne viendrait pas à bout d'un seul baobab.

CHAPTER V

Every day I'd learn something about his planet, the departure, and the trip. The information came slowly, as his thoughts wandered. It was in this way that, on the third day, I came to know of the tragedy of the baobabs.

This time again it was thanks to the sheep, because the little prince asked me abruptly, as if seized by a grave doubt:

"It's true, isn't it, that sheep eat shrubs?"

"Yes. It's true."

"Oh! I am glad!"

I didn't understand why it was so important that sheep eat shrubs. But the little prince added:

"Then it follows they also eat baobabs?"

I pointed out to the little prince that baobabs were not shrubs, but trees as big as churches, and that even if he took with him a whole herd of elephants, the herd wouldn't manage to eat up one single baobab.

L'idée du troupeau d'éléphants fit rire le petit prince:

— Il faudrait les mettre les uns sur les autres…

Mais il remarqua avec sagesse:

— Les baobabs, avant de grandir, ça commence par être petit.

— C'est exact! Mais pourquoi veux-tu que tes moutons mangent les petits baobabs?

Il me répondit: « Ben! Voyons! » comme s'il s'agissait là d'une évidence. Et il me fallut un grand effort d'intelligence pour comprendre à moi seul ce problème.

Et en effet, sur la planète du petit prince, il y avait comme sur toutes les planètes, de bonnes herbes et de mauvaises herbes. Par conséquent de bonnes graines de bonnes herbes et de mauvaises graines de mauvaises herbes. Mais les graines sont invisibles. Elles dorment dans le secret de la terre jusqu'à ce qu'il prenne fantaisie à l'une d'elles de se réveiller. Alors elle s'étire, et pousse d'abord timidement vers le soleil une ravissante petite brindille inoffensive. S'il s'agit d'une brindille de radis ou de rosier, on peut la laisser pousser comme elle veut. Mais s'il s'agit d'une mauvaise plante, il faut arracher la plante aussitôt, dès qu'on a su la reconnaître. Or il y avait des graines terribles sur la planète du petit prince… c'étaient les graines de baobabs. Le sol de la planète en était infesté. Or un baobab, si l'on s'y prend trop tard, on ne peut jamais plus s'en débarrasser. Il encombre toute la planète. Il la perfore de ses racines. Et si la planète est trop petite, et si les baobabs sont trop nombreux, ils la font éclater.

The idea of the herd of elephants made the little prince laugh:

"They'd have to be piled up on top of each other…"

But he remarked wisely:

"The baobab trees, before they grow up, start off small."

"That's right! But why do you want the sheep to eat the little baobabs?"

He replied: "Oh, come on!" as if it were obvious. And it took me a great mental effort to understand this problem on my own, without any help.

And indeed, on the planet of the little prince there were, like on all planets, both good plants and bad plants. And therefore, both good seeds from good plants and bad seeds from bad plants. But seeds are invisible. They sleep secretly deep in the earth until, on a whim, one of them decides to wake up. Then it elongates and grows, timidly at first, toward the sun: a charming little harmless sprig. If it's a sprig of radish or rose bush, you can let it grow as it likes. But if it's a bad plant, one must pull the plant out straight away, as soon as it can be recognised. Now there were some terrible seeds on the planet of the little prince… there were the seeds of baobab trees. The soil of the planet was infested with them. A baobab, if you get to it too late, can never be got rid of. It takes over the entire planet. It pierces it with its roots. And if the planet is too small, and if there are too many baobabs, they shatter it to pieces.

« C'est une question de discipline, me disait plus tard le petit prince. Quand on a terminé sa toilette du matin, il faut faire soigneusement la toilette de la planète. Il faut s'astreindre régulièrement à arracher les baobabs dès qu'on les distingue d'avec les rosiers auxquels ils se rassemblent beaucoup quand ils sont très jeunes. C'est un travail très ennuyeux, mais très facile. »

Et un jour il me conseilla de m'appliquer à réussir un beau dessin, pour bien faire entrer ça dans la tête des enfants de chez moi. « S'ils voyagent un jour, me disait-il, ça pourra leur servir. Il est quelquefois sans inconvénient de remettre à plus tard son travail. Mais, s'il s'agit des baobabs, c'est toujours une catastrophe. J'ai connu une planète, habitée par un paresseux. Il avait négligé trois arbustes… »

"It's a matter of discipline," the little prince told me later. "After grooming oneself in the morning, the planet must be carefully groomed. You must see to it that you regularly pull out the baobabs as soon as they can be told apart from the rose bushes, to which they look very similar when they're very young. It's a very boring job, but very easy."

And one day he suggested that I apply myself to making a beautiful drawing, so that the children from where I came from would understand all this. "If one day they travel," he said to me, "it could come in useful. Sometimes there's no harm in postponing one's work. But in the case of baobabs, that always leads to a catastrophe. I used to know a planet inhabited by a lazy man. He had neglected three little bushes…"

Et, sur les indications du petit prince, j'ai dessiné cette planète-là. Je n'aime guère prendre le ton d'un moraliste. Mais le danger des baobabs est si peu connu, et les risques courus par celui qui s'égarerait dans un astéroïde sont si considérables, que, pour une fois, je fais exception à ma réserve. Je dis: « Enfants! Faites attention aux baobabs! » C'est pour avertir mes amis d'un danger qu'ils frôlaient depuis longtemps, comme moi-même, sans le connaître, que j'ai tant travaillé ce dessin-là. La leçon que je donnais en valait la peine. Vous vous demanderez peut-être: Pourquoi n'y a-t-il pas, dans ce livre, d'autres dessins aussi grandioses que le dessin des baobabs? La réponse est bien simple: J'ai essayé mais je n'ai pas pu réussir. Quand j'ai dessiné les baobabs j'ai été animé par le sentiment de l'urgence.

And based on what the little prince told me, I drew this planet. I don't like to sound like a moralist. But the danger of the baobabs is so little understood, and the risks run by anyone who might get lost on an asteroid are so large that, for once, I am breaking my normal reserve. I say: "Children! Beware of baobabs!" It's to warn my friends of the danger they've long been skirting, like myself, without knowing it, that I have worked so hard on this drawing. The lesson which I pass on by this means was worth the effort. You might be wondering: Why is it that in this book there aren't any other drawings as impressive as the drawing of the baobabs? The answer is simple: I tried but I couldn't succeed. When I drew the baobabs I was spurred on by a sense of urgency.

CHAPITRE VI

Ah! petit prince, j'ai compris, peu à peu, ainsi, ta petite vie mélancolique. Tu n'avais eu longtemps pour distraction que la douceur des couchers de soleil. J'ai appris ce détail nouveau, le quatrième jour au matin, quand tu m'as dit:

— J'aime bien les couchers de soleil. Allons voir un coucher de soleil…

— Mais il faut attendre…

— Attendre quoi?

— Attendre que le soleil se couche.

Tu as eu l'air très surpris d'abord, et puis tu as ri de toi-même. Et tu m'as dit:

— Je me crois toujours chez moi!

En effet. Quand il est midi aux Etats-Unis, le soleil, tout le monde sait, se couche sur la France. Il suffirait de pouvoir aller en France en une minute pour assister au coucher de soleil. Malheureusement la France est bien trop éloignée. Mais, sur ta si petite planète, il te suffisait de tirer ta chaise de quelques pas. Et tu regardais le crépuscule chaque fois que tu le désirais…

CHAPTER VI

Oh! Little prince, I came to understand, gradually, in this way, your sad life. For a long time your only entertainment was the softness of the sunsets. I learned this new detail on the fourth day, in the morning, when you said to me:

"I'm very fond of sunsets. Let's go and see a sunset now…"

"But we have to wait…"

"Wait for what?"

"Wait until the sun goes down."

You seemed surprised at first, and then you chuckled at yourself. And you said:

"I think myself at home still!"

Indeed. When it's noon in the United States, the sun, everybody knows, is setting over France. It would suffice to be able to go to France in one minute to be able see a sunset. Unfortunately, France is much too far away. But on your tiny planet, all you needed was to move your chair a few steps. And you watched the twilight falling whenever you liked…

— Un jour, j'ai vu le soleil se coucher quarante-quatre fois!

Et un peu plus tard tu ajoutais:

— Tu sais… quand on est tellement triste
on aime les couchers de soleil…

— Le jour des quarante-quatre fois, tu étais
donc tellement triste?

Mais le petit prince ne répondit pas.

"One day I saw the sunset forty-four times!"

And a little later you added:

"You know… you love the sunset, when
you're really sad…"

"The day you saw it forty-four times, were
you were really that sad then?"

But the little prince made no reply.

CHAPITRE VII

Le cinquième jour, toujours grâce au mouton, ce secret de la vie du petit prince me fut révélé. Il me demanda avec brusquerie, sans préambule, comme le fruit d'un problème longtemps médité en silence:

— Un mouton, s'il mange les arbustes, il mange aussi les fleurs?

— Un mouton mange tout ce qu'il rencontre.

— Même les fleurs qui ont des épines?

— Oui. Même les fleurs qui ont des épines.

— Alors les épines, à quoi servent-elles?

Je ne le savais pas. J'étais alors très occupé à essayer de dévisser un boulon trop serré de mon moteur. J'étais très soucieux car ma panne commençait de m'apparaître comme très grave, et l'eau à boire qui s'épuisait me faisait craindre le pire.

— Les épines, à quoi servent-elles?

Le petit prince ne renonçait jamais à une question, une fois qu'il l'avait posée. J'étais irrité par mon boulon et je répondis n'importe quoi:

— Les épines, ça ne sert à rien, c'est de la pure méchanceté de la part des fleurs!

— Oh!

Mais après un silence il me lança, avec une sorte de rancune:

CHAPTER VII

On the fifth day, again thanks to the sheep, this secret of the little prince's life was revealed to me. He asked abruptly, without anything leading up to it, as if it was the result of a long silent meditation on a problem:

"If a sheep eats shrubs, then does it eat flowers too?"

"A sheep eats everything it finds."

"Even flowers that have thorns?"

"Yes, even flowers that have thorns."

"What are the thorns for then?"

I didn't know the answer. I was very busy trying to unscrew a bolt in my engine that had got stuck. I was very worried because my breakdown was beginning to appear to be very serious, and I had so little drinking water left that I had to fear the worst.

"What are the thorns for then?"

The little prince never let go of a question, once he had asked it. I was upset over the bolt and I said the first thing that came into my head:

"The thorns are of no use at all. Flowers have thorns just for spite!"

"Oh!"

But after a moment of silence, he exclaimed with a sort of resentment:

— Je ne te crois pas! Les fleurs sont faibles. Elles sont naïves. Elles se rassurent comme elles peuvent. Elles se croient terribles avec leurs épines…

Je ne répondis rien. A cet instant-là je me disais: « Si ce boulon résiste encore, je le ferai sauter d'un coup de marteau. » Le petit prince dérangea de nouveau mes réflexions:

— Et tu crois, toi, que les fleurs…

— Mais non! Mais non! Je ne crois rien! J'ai répondu n'importe quoi. Je m'occupe, moi, de choses sérieuses!

Il me regarda stupéfait.

— De choses sérieuses!

Il me voyait, mon marteau à la main, et les doigts noirs de cambouis, penché sur un objet qui lui semblait très laid.

— Tu parles comme les grandes personnes!

Ça me fit un peu honte. Mais, impitoyable, il ajouta:

— Tu confonds tout… tu mélanges tout!

Il était vraiment très irrité. Il secouait au vent des cheveux tout dorés:

"I don't believe you! Flowers are weak creatures. They're naive. They reassure themselves as best they can. They think themselves frightful with their thorns…"

I made no reply. At that moment I was thinking to myself: "If this bolt won't budge, I'll knock it out with a hammer." The little prince interrupted my thoughts again:

"And you actually believe that flowers—"

"No! No! I don't believe it at all! I answered the first thing that came to my mind. I, myself, am busy with matters of consequence!"

He looked at me dumbfounded.

"Matters of consequence!"

He watched me, hammer in hand and my fingers black with grease, leaning on an object that would have seemed to him very ugly.

"You talk just like the grown-ups!"

That made me feel a little ashamed. But he went on relentlessly:

"You confuse everything… you mix everything up!"

He was really very angry. He shook his golden curls in the breeze:

— Je connais une planète où il y a un monsieur cramoisi. Il n'a jamais respiré une fleur. Il n'a jamais regardé une étoile. Il n'a jamais aimé personne. Il n'a jamais rien fait d'autre que des additions. Et toute la journée il répète comme toi: « Je suis un homme sérieux! Je suis un homme sérieux! », et ça le fait gonfler d'orgueil. Mais ce n'est pas un homme, c'est un champignon!

— Un quoi?

— Un champignon!

Le petit prince était maintenant tout pâle de colère.

— Il y a des millions d'années que les fleurs fabriquent des épines. Il y a des millions d'années que les moutons mangent quand même les fleurs. Et ce n'est pas sérieux de chercher à comprendre pourquoi elles se donnent tant de mal pour se fabriquer des épines qui ne servent jamais à rien? Ce n'est pas important la guerre des moutons et des fleurs? Ce n'est pas plus sérieux et plus important que les additions d'un gros monsieur rouge? Et si je connais, moi, une fleur unique au monde, qui n'existe nulle part, sauf dans ma planète, et qu'un petit mouton peut anéantir d'un seul coup, comme ça, un matin, sans se rendre compte de ce qu'il fait, ce n'est pas important ça?

Il rougit, puis reprit:

“I know a planet where there is a red-faced gentleman. He has never smelled a flower. He has never looked at a star. He has never loved anyone. He has never done anything but sums. And all day long he repeats just like you: 'I am busy with matters of consequence!' And that makes him swell up with pride. But this is not a man, he's a mushroom!”

“A what?”

“A mushroom!”

The little prince was now white with rage.

“Flowers have been growing thorns for millions of years. For millions of years, the sheep have eaten the flowers all the same. And it's not a matter of consequence to try to understand why they take so much trouble to grow thorns which are never of any use? Is the war between flowers and sheep not important? Is it not of more consequence and more important than the sums of a fat red-faced gentleman? And if I myself know of a unique flower, which grows nowhere but on my planet, that a little sheep can destroy in one stroke, just like that, one morning, without realising what he's done, is that not important!”

He blushed, and continued:

— Si quelqu'un aime une fleur qui n'existe qu'à un exemplaire dans les millions et les millions d'étoiles, ça suffit pour qu'il soit heureux quand il les regarde. Il se dit: « Ma fleur est là quelque part... » Mais si le mouton mange la fleur, c'est pour lui comme si, brusquement, toutes les étoiles s'éteignaient! Et ce n'est pas important ça!

Il ne put rien dire de plus. Il éclata brusquement en sanglots. La nuit était tombée. J'avais lâché mes outils. Je me moquais bien de mon marteau, de mon boulon, de la soif et de la mort. Il y avait sur une étoile, une planète, la mienne, la Terre, un petit prince à consoler! Je le pris dans les bras. Je le berçai. Je lui disais: « La fleur que tu aimes n'est pas en danger... Je lui dessinerai une muselière, à ton mouton... Je te dessinerai une armure pour ta fleur... Je... » Je ne savais pas trop quoi dire. Je me sentais très maladroit. Je ne savais comment l'atteindre, où le rejoindre... C'est tellement mystérieux, le pays des larmes.

"If someone loves a flower of which just one specimen exists amongst the millions and millions of stars, it's enough to make him happy when he looks at them. He can say: 'My flower is out there somewhere...' But if the sheep eats the flower, for him it's as if suddenly all the stars have gone out! And you think that's not important!"

He couldn't say anything more. He suddenly burst into tears. Night had fallen. I had put down my tools. Of what moment was my hammer, my bolt, or thirst, or death? There was on a star, on a planet, my planet, Earth, a little prince to be comforted! I took him in my arms. I rocked him. I said: "The flower that you love isn't in danger... I'll draw you a muzzle for your sheep... I'll draw you a railing for your flower... I..." I wasn't sure what to say. I felt very awkward. I didn't know how to reach him, where to find him... It's so secretive, the land of tears.

CHAPITRE VIII

J'appris bien vite à mieux connaître cette fleur. Il y avait toujours eu, sur la planète du petit prince, des fleurs très simples, ornées d'un seul rang de pétales, et qui ne tenaient point de place, et qui ne dérangeaient personne. Elles apparaissaient un matin dans l'herbe, et puis elles s'éteignaient le soir. Mais celle-là avait germé un jour, d'une graine apportée d'on ne sait où, et le petit prince avait surveillé de très près cette brindille qui ne ressemblait pas aux autres brindilles. Ça pouvait être un nouveau genre de baobab. Mais l'arbuste cessa vite de croître, et commença de préparer une fleur. Le petit prince, qui assistait à l'installation d'un bouton énorme, sentait bien qu'il en sortirait une apparition miraculeuse, mais la fleur n'en finissait pas de se préparer à être belle, à l'abri de sa chambre verte. Elle choisissait avec soin ses couleurs. Elle s'habillait lentement, elle ajustait un à un ses pétales. Elle ne voulait pas sortir toute fripée comme les coquelicots. Elle ne voulait apparaître que dans le plein rayonnement de sa beauté. Eh! oui. Elle était très coquette! Sa toilette mystérieuse avait donc duré des jours et des jours. Et puis voici qu'un matin, justement à l'heure du lever du soleil, elle s'était montrée.

Et elle, qui avait travaillé avec tant de précision, dit en bâillant:

— Ah! je me réveille à peine… Je vous demande pardon… Je suis encore toute décoiffée…

Le petit prince, alors, ne put contenir son admiration:

— Que vous êtes belle!

CHAPTER VIII

I learned very quickly to know this flower better. There had always been very simple flowers on the planet of the little prince, decorated with a single row of petals, that didn't take up any space, and didn't bother anyone. They would appear one morning in the grass, and by evening they'd have faded away. But this one had sprouted one day, from a seed blown in from no one knows where, and the little prince had watched very closely this sprout that was not like the other sprouts. It could have been a new kind of baobab. But the shrub soon stopped growing and began to produce a flower. The little prince, who witnessed the appearance of a huge bud, felt that a miraculous apparition must emerge from it, but the flower never stopped preparing for her future beauty, safe in her green chamber. She chose her colours carefully. She dressed slowly; she arranged her petals one by one. She did not want to come out all rumpled, like the poppies. She would only want to appear in the full radiance of her beauty. Oh yes! She was a very flirtatious creature! And her mysterious adornment had thus lasted for days and days. Then one morning, exactly at sunrise, she suddenly showed herself.

And, after having worked with such care and attention to detail, she said with a yawn:

"Oh! I have only just woken up… I do apologize… I am not yet presentable"

The little prince couldn't restrain his admiration:

"You're so beautiful!"

29

— N'est-ce pas, répondit doucement la fleur. Et je suis née en même temps que le soleil…

"Am I not?" the flower responded, sweetly. "And I was born at the same moment as the sun…"

Le petit prince devina bien qu'elle n'était pas trop modeste, mais elle était si émouvante!

The little prince guessed easily enough that she was not very modest, but how moving she was!

— C'est l'heure, je crois, du petit déjeuner, avait-elle bientôt ajouté, auriez-vous la bonté de penser à moi…

"It's time, I think, for breakfast," she added an instant later, "If you would have the kindness to think of my needs…"

Et le petit prince, tout confus, ayant été cherché un arrosoir d'eau fraîche, avait servi la fleur.

And the little prince, completely abashed, having gone to look for a sprinkling can of fresh water, tended to the flower.

Ainsi l'avait-elle bien vite tourmenté par sa vanité un peu ombrageuse. Un jour, par exemple, parlant de ses quatre épines, elle avait dit au petit prince:

And like that, she had soon begun to torment him with her vanity. One day, for example, speaking of her four thorns, she told the little prince:

— Ils peuvent venir, les tigres, avec leurs griffes!

"Let them come, the tigers, with their claws!"

— Il n'y a pas de tigres sur ma planète, avait objecté le petit prince, et puis les tigres ne mangent pas d'herbe.

"There aren't any tigers on my planet," the little prince objected, "and tigers don't eat weeds."

— Je ne suis pas une herbe, avait doucement répondu la fleur.

"I am not a weed," the flower replied sweetly.

— Pardonnez-moi…

"Please forgive me…"

— Je ne crains rien des tigres, mais j'ai horreur des courants d'air. Vous n'auriez pas un paravent?

« Horreur des courants d'air… ce n'est pas de chance, pour une plante, avait remarqué le petit prince. Cette fleur est bien compliquée… »

— Le soir vous me mettrez sous un globe. Il fait très froid chez vous. C'est mal installé. Là d'où je viens…

Mais elle s'était interrompue. Elle était venue sous forme de graine. Elle n'avait rien pu connaître des autres mondes. Humiliée de s'être laissé surprendre à préparer un mensonge aussi naïf, elle avait toussé deux ou trois fois, pour mettre le petit prince dans son tort:

— Ce paravent?…

— J'allais le chercher mais vous me parliez!

Alors elle avait forcé sa toux pour lui infliger quand même des remords.

"I do not fear tigers, but I detest drafts. You wouldn't happen to have a screen?"

"Detests drafts… that's bad luck for a plant," remarked the little prince. "What a very complicated flower…"

"In the evening you will put me under a glass dome. It is very cold where you live. Where I come from…"

But she interrupted herself. She had come in the form of a seed. She couldn't have known anything of other worlds. Humiliated at having been caught out on a lie so naive, she coughed two or three times to imply the little prince was in the wrong.

"The screen…?"

"I was just going to look for it when you spoke to me!"

Then she forced a cough to inflict still more remorse.

Ainsi le petit prince, malgré la bonne volonté de son amour, avait vite douté d'elle. Il avait pris au sérieux des mots sans importance, et était devenu très malheureux.

« J'aurais dû ne pas l'écouter, me confia-t-il un jour, il ne faut jamais écouter les fleurs. Il faut les regarder et les respirer. La mienne embaumait ma planète, mais je ne savais pas m'en réjouir. Cette histoire de griffes, qui m'avait tellement agacé, eût dû m'attendrir… »

Il me confia encore:

« Je n'ai alors rien su comprendre! J'aurais dû la juger sur les actes et non sur les mots. Elle m'embaumait et m'éclairait. Je n'aurais jamais dû m'enfuir! J'aurais dû deviner sa tendresse derrière ses pauvres ruses. Les fleurs sont si contradictoires! Mais j'étais trop jeune pour savoir l'aimer. »

So the little prince, despite the good will of his love, had soon come to doubt her. He had taken seriously words of no importance, and had become very unhappy.

"I shouldn't have listened to her," he told me one day, "you should never listen to the flowers. We must look at them and breathe their fragrance. Mine perfumed my whole planet, but I didn't know how to take pleasure in it. This business of the claws, which annoyed me so much, should only have filled my heart with tenderness and pity"

He continued his confidences:

"I didn't know how to understand! I should have her judged by her deeds and not by her words. She overwhelmed me with her fragrance and light. I should never have run away! I should have seen the tenderness behind her contrivances. Flowers are so contradictory! But I was too young to know how to love her."

CHAPITRE IX

Je crois qu'il profita, pour son évasion, d'une migration d'oiseaux sauvages. Au matin du départ il mit sa planète bien en ordre. Il ramona soigneusement ses volcans en activité. Il possédait deux volcans en activité. Et c'était bien commode pour faire chauffer le petit déjeuner du matin. Il possédait aussi un volcan éteint. Mais, comme il disait, « On ne sait jamais! » Il ramona donc également le volcan éteint. S'ils sont bien ramonés, les volcans brûlent doucement et régulièrement, sans éruptions. Les éruptions volcaniques sont comme des feux de cheminée. Évidemment sur notre terre nous sommes beaucoup trop petits pour ramoner nos volcans. C'est pourquoi ils nous causent des tas d'ennuis.

Le petit prince arracha aussi, avec un peu de mélancolie, les dernières pousses de baobabs. Il croyait ne jamais devoir revenir. Mais tous ces travaux familiers lui parurent, ce matin-là, extrêmement doux. Et, quand il arrosa une dernière fois la fleur, et se prépara à la mettre à l'abri sous son globe, il se découvrit l'envie de pleurer.

— Adieu, dit-il à la fleur.

Mais elle ne lui répondit pas.

— Adieu, répéta-t-il.

La fleur toussa. Mais ce n'était pas à cause de son rhume.

— J'ai été sotte, lui dit-elle enfin. Je te demande pardon. Tâche d'être heureux.

CHAPTER IX

I think that for his escape he took advantage of a migration of a flock of wild birds. On the morning of his departure he put his planet in perfect order. He carefully swept out his active volcanoes. He owned two active volcanoes; it was very convenient for heating his breakfast in the morning. He also owned an extinct volcano. But, as he used to say, "You never know!" So he cleaned out the extinct volcano, too. If they are well cleaned out, volcanoes burn slowly and steadily, without any eruptions. Volcanic eruptions are like fires in a chimney. On our earth we're obviously much too small to clean out our volcanoes. That's why they cause us no end of trouble.

The little prince also pulled up, with a hint of sadness, the last little shoots of the baobabs. He believed he would never return. But all these familiar tasks seemed, on that morning, very precious. And as he watered the flower one last time, and prepared to shelter her under her dome, he found himself close to tears.

"Goodbye," he said to the flower.

But she didn't answer.

"Goodbye," he said again.

The flower coughed. But it was not because she had a cold.

"I was silly," she said finally. "I ask your forgiveness. Try to be happy."

Il fut surpris par l'absence de reproches. Il restait là tout déconcentré, le globe en l'air. Il ne comprenait pas cette douceur calme.

— Mais oui, je t'aime, lui dit la fleur. Tu n'en as rien su, par ma faute. Cela n'a aucune importance. Mais tu as été aussi sot que moi. Tâche d'être heureux… Laisse ce globe tranquille. Je n'en veux plus.

— Mais le vent…

— Je ne suis pas si enrhumée que ça… L'air frais de la nuit me fera du bien. Je suis une fleur.

— Mais les bêtes…

— Il faut bien que je supporte deux ou trois chenilles si je veux connaître les papillons. Il paraît que c'est tellement beau. Sinon qui me rendra visite? Tu seras loin, toi. Quant aux grosses bêtes, je ne crains rien. J'ai mes griffes.

Et elle montrait naïvement ses quatre épines. Puis elle ajouta:

— Ne traîne pas comme ça, c'est agaçant. Tu as décidé de partir. Va-t'en.

Car elle ne voulait pas qu'il la vît pleurer. C'était une fleur tellement orgueilleuse…

He was surprised by this absence of reproaches. He stood there all bewildered, the dome held in mid-air. He didn't understand this quiet sweetness.

"Of course I love you," the flower said to him. "It's my fault that you didn't know. That is of no importance. But you have been just as foolish as I have. Try to be happy… Let the dome be. I do not want it anymore."

"But the wind—"

"My cold is not all that bad… The cool night air will do me good. I am a flower."

"But the animals—"

"I will have to endure two or three caterpillars if I wish to become acquainted with the butterflies. It seems that they are very beautiful. And otherwise who else will come to visit me? You will be far away. As for the large animals, I am not at all afraid of anything. I have my claws."

And, naïvely, she showed her four thorns. Then she added:

"Don't linger like this, it's tiresome. You have decided to leave. Now go!"

For she did not want him to see her crying. She was such a proud flower…

CHAPITRE X

Il se trouvait dans la région des astéroïdes 325, 326, 327, 328, 329 et 330. Il commença donc par les visiter pour y chercher une occupation et pour s'instruire.

Le premier était habité par un roi. Le roi siégeait, habillé de pourpre et d'hermine, sur un trône très simple et cependant majestueux.

— Ah! Voilà un sujet, s'écria le roi quand il aperçut le petit prince.

Et le petit prince se demanda:

— Comment peut-il me reconnaître puisqu'il ne m'a encore jamais vu!

Il ne savait pas que, pour les rois, le monde est très simplifié. Tous les hommes sont des sujets.

— Approche-toi que je te voie mieux, lui dit le roi qui était tout fier d'être enfin roi pour quelqu'un.

Le petit prince chercha des yeux où s'asseoir, mais la planète était tout encombrée par le magnifique manteau d'hermine. Il resta donc debout, et, comme il était fatigué, il bâilla.

— Il est contraire à l'étiquette de bâiller en présence d'un roi, lui dit le monarque. Je te l'interdis.

— Je ne peux pas m'en empêcher, répondit le petit prince tout confus. J'ai fait un long voyage et je n'ai pas dormi…

CHAPTER X

He found himself in the neighborhood of the asteroids 325, 326, 327, 328, 329, and 330. So he began by visiting them to learn more.

The first one was inhabited by a king. The king was sitting, dressed in purple and ermine, on a very simple yet majestic throne.

"Ah! Here comes a subject," exclaimed the king, when he caught sight of the little prince.

And the little prince asked himself:

"How could he recognise me when he's never seen me before?"

He didn't know that for Kings, the world is very much simplified. To them, all men are subjects.

"Approach, so that I may see you better," said the king, who was very proud to finally be king over somebody.

The little prince looked around him for a place to sit, but the planet was completely taken over by the magnificent ermine robe. So he remained standing, and, since he was tired, he yawned.

"It is contrary to etiquette to yawn in the presence of a king," the monarch said to him. "I forbid you to do so."

"I can't stop myself," replied the little prince, thoroughly embarrassed. "I've come on a long journey, and I haven't slept…"

— Alors, lui dit le roi, je t'ordonne de bâiller. Je n'ai vu personne bâiller depuis des années. Les bâillements sont pour moi des curiosités. Allons! bâille encore. C'est un ordre.

— Ça m'intimide… je ne peux plus… fit le petit prince tout rougissant.

— Hum! Hum! répondit le roi. Alors je… je t'ordonne tantôt de bâiller et tantôt de…

Il bredouillait un peu et paraissait vexé.

Car le roi tenait essentiellement à ce que son autorité fût respectée. Il ne tolérait pas la désobéissance. C'était un monarque absolu. Mais, comme il était très bon, il donnait des ordres raisonnables.

« Si j'ordonnais, disait-il couramment, si j'ordonnais à un général de se changer en oiseau de mer, et si le général n'obéissait pas, ce ne serait pas la faute du général. Ce serait ma faute. »

— Puis-je m'asseoir? s'enquit timidement le petit prince.

— Je t'ordonne de t'asseoir, lui répondit le roi, qui ramena majestueusement un pan de son manteau d'hermine.

Mais le petit prince s'étonnait. La planète était minuscule. Sur quoi le roi pouvait-il bien régner?

— Sire, lui dit-il… je vous demande pardon de vous interroger…

— Je t'ordonne de m'interroger, se hâta de dire le roi.

— Sire… sur quoi régnez-vous?

"Ah, then," the king said. "I order you to yawn. I have not seen anyone yawning for years. Yawns, to me, are objects of curiosity. Come, now! Yawn again! It is an order."

"That frightens me… I can't any more…" said the little prince, blushing.

"Hum! Hum!" replied the king. "Then I—I order you sometimes to yawn and sometimes to—"

He sputtered a bit, and seemed vexed.

For the king fundamentally insisted that his authority be respected. He didn't tolerate disobedience. He was an absolute monarch. But, because he was good at heart, he gave reasonable orders.

"If I ordered a general," he would often say, "if I ordered a general to change himself into a seabird, and if the general did not obey me, it would not be the general's fault. It would be my fault."

"May I sit down?" the little prince enquired timidly.

"I order you to sit down," replied the king, who majestically gathered in a fold of his ermine mantle.

But the little prince was astonished. The planet was tiny. Over what could this king really rule?

"Sire," he said to him, "excuse my asking you a question—"

"I order you to ask me a question," hastened to say the king.

"Sire… over what do you rule?"

— Sur tout, répondit le roi, avec une grande simplicité.

— Sur tout?

Le roi d'un geste discret désigna sa planète, les autres planètes et les étoiles.

— Sur tout ça? dit le petit prince.

— Sur tout ça… répondit le roi.

Car non seulement c'était un monarque absolu mais c'était un monarque universel.

— Et les étoiles vous obéissent?

— Bien sûr, lui dit le roi. Elles obéissent aussitôt. Je ne tolère pas l'indiscipline.

Un tel pouvoir émerveilla le petit prince. S'il l'avait détenu lui-même, il aurait pu assister, non pas à quarante-quatre, mais à soixante-douze, ou même à cent, ou même à deux cents couchers de soleil dans la même journée, sans avoir jamais à tirer sa chaise! Et comme il se sentait un peu triste à cause du souvenir de sa petite planète abandonnée, il s'enhardit à solliciter une grâce du roi:

— Je voudrais voir un coucher de soleil… Faites-moi plaisir… Ordonnez au soleil de se coucher…

— Si j'ordonnais à un général de voler d'une fleur à l'autre à la façon d'un papillon, ou d'écrire une tragédie, ou de se changer en oiseau de mer, et si le général n'exécutait pas l'ordre reçu, qui, de lui ou de moi, serait dans son tort?

— Ce serait vous, dit fermement le petit prince.

"Over everything," said the king, with a magnificent simplicity.

"Over everything?"

The king made a subtle gesture, pointing out his planet, the other planets and the stars.

"Over all that?" asked the little prince.

"Over all that," the king answered.

For his rule was not only absolute: it was also universal.

"And the stars obey you?"

"Of course," the king said. "They obey instantly. I do not tolerate insubordination."

Such power filled the little prince with wonder. If he had held it himself, he would've been able to watch, not forty-four, but seventy-two, or even a hundred, or even two hundred sunsets on the same day, without ever having to move his chair! And as he felt a bit sad as he remembered his forsaken little planet, he plucked up his courage to ask the king a favour:

"I'd like to see a sunset… Do that for me… Order the sun to set…"

"If I ordered a general to fly from one flower to another like a butterfly, or to write a tragic drama, or to change himself into a sea bird, and if the general did not carry out the order received, which one of us would be in the wrong?"

"You," said the little prince firmly.

— Exact. Il faut exiger de chacun ce que chacun peut donner, reprit le roi. L'autorité repose d'abord sur la raison. Si tu ordonnes à ton peuple d'aller se jeter à la mer, il fera la révolution. J'ai le droit d'exiger l'obéissance parce que mes ordres sont raisonnables.

— Alors mon coucher de soleil? rappela le petit prince qui jamais n'oubliait une question une fois qu'il l'avait posée.

— Ton coucher de soleil, tu l'auras. Je l'exigerai. Mais j'attendrai, dans ma science du gouvernement, que les conditions soient favorables.

— Quand ça sera-t-il? s'informa le petit prince.

— Hem! hem! lui répondit le roi, qui consulta d'abord un gros calendrier, hem! hem! ce sera, vers… vers… ce sera ce soir vers sept heures quarante! Et tu verras comme je suis bien obéi.

Le petit prince bâilla. Il regrettait son coucher de soleil manqué. Et puis il s'ennuyait déjà un peu:

— Je n'ai plus rien à faire ici, dit-il au roi. Je vais repartir!

— Ne pars pas, répondit le roi qui était si fier d'avoir un sujet. Ne pars pas, je te fais ministre!

— Ministre de quoi?

— De… de la justice!

— Mais il n'y a personne à juger!

"Exactly. One must ask of each person that which they can give," the king went on. "Authority is based above all on reason. If you ordered your people to go and throw themselves into the sea, they would rise up in revolution. I have the right to demand obedience because my orders are reasonable."

"Then my sunset?" the little prince reminded him, who never forgot a question once he had asked it.

"You shall have your sunset. I shall command it. But I shall wait, according to my science of government, until conditions are favourable."

"When will that be?" inquired the little prince.

"Hum! hum!" replied the king, who consulted a bulky almanac. "Hum! Hum! That will be about—about—that will be this evening about twenty minutes to eight. And you will see how well I am obeyed!"

The little prince yawned. He was regretting his lost sunset. And then he was already getting a little bored.

"I've nothing more to do here," he said to the king. "I'll set off."

"Do not go," said the king, who was very proud of having a subject. "Do not go. I will make you a Minister!"

"Minister of what?"

"Minster of—of Justice!"

"But there's nobody here to judge!"

— On ne sait pas, lui dit le roi. Je n'ai pas fait encore le tour de mon royaume. Je suis très vieux, je n'ai pas de place pour un carrosse, et ça me fatigue de marcher.

— Oh! Mais j'ai déjà vu, dit le petit prince qui se pencha pour jeter encore un coup d'œil sur l'autre côté de la planète. Il n'y a personne là-bas non plus…

— Tu te jugeras donc toi-même, lui répondit le roi. C'est le plus difficile. Il est bien plus difficile de se juger soi-même que de juger autrui. Si tu réussis à bien te juger, c'est que tu es un véritable sage.

— Moi, dit le petit prince, je puis me juger moi-même n'importe où. Je n'ai pas besoin d'habiter ici.

— Hem! hem! dit le roi, je crois bien que sur ma planète il y a quelque part un vieux rat. Je l'entends la nuit. Tu pourras juger ce vieux rat. Tu le condamneras à mort de temps en temps. Ainsi sa vie dépendra de ta justice. Mais tu le gracieras chaque fois pour l'économiser. Il n'y en a qu'un.

— Moi, répondit le petit prince, je n'aime pas condamner à mort, et je crois bien que je m'en vais.

— Non, dit le roi.

Mais le petit prince, ayant achevé ses préparatifs, ne voulut point peiner le vieux monarque:

"We do not know that," the king said to him. "I have not yet made a complete tour of my kingdom. I am very old, I have no space for a carriage and it tires me to walk."

"Oh, but I've already looked!" said the little prince, who leant over to give one more glance at the other side of the planet. There was no one there either…

"Then you shall judge yourself," the king answered. "That is the most difficult thing of all. It is much more difficult to judge oneself than to judge someone else. If you succeed in judging yourself rightly, then you are truly wise."

"Yes," said the little prince, "but I can judge myself anywhere. I don't have to live here."

"Hum! hum!" said the king. "I am fairly certain that somewhere on my planet there is an old rat. I hear him at night. You can judge this old rat. From time to time you will condemn him to death. Thus his life will depend on your justice. But you will pardon him on each occasion to conserve him. There is only one of him."

"I," replied the little prince, "don't like to condemn anyone to death, and now I think I'll go on my way."

"No," said the king.

But the little prince, having readied himself to leave, had no wish to grieve the old monarch.

— Si Votre Majesté désirait être obéie ponctuellement, elle pourrait me donner un ordre raisonnable. Elle pourrait m'ordonner, par exemple, de partir avant une minute. Il me semble que les conditions sont favorables…

Le roi n'ayant rien répondu, le petit prince hésita d'abord, puis, avec un soupir, prit le départ.

— Je te fais mon ambassadeur, se hâta alors de crier le roi.

Il avait un grand air d'autorité.

Les grandes personnes sont bien étranges, se dit le petit prince, en lui-même, durant son voyage.

"If Your Majesty wishes to be promptly obeyed, he should be able to give me a reasonable order. He should be able, for example, to order me to leave within a minute. It seems to me that conditions are favourable…"

As the king made no answer, the little prince hesitated at first, then, with a sigh, took his leave.

"I make you my Ambassador," the king hastily called out.

He had a magnificent air of authority.

"The grown-ups are very strange," the little prince said to himself, as he continued on his journey.

CHAPITRE XI

La seconde planète était habitée par un vaniteux:

— Ah! Ah! Voilà la visite d'un admirateur! s'écria de loin le vaniteux dès qu'il aperçut le petit prince.

Car, pour les vaniteux, les autres hommes sont des admirateurs.

— Bonjour, dit le petit prince. Vous avez un drôle de chapeau.

— C'est pour saluer, lui répondit le vaniteux. C'est pour saluer quand on m'acclame. Malheureusement il ne passe jamais personne par ici.

— Ah oui? dit le petit prince qui ne comprit pas.

— Frappe tes mains l'une contre l'autre, conseilla donc le vaniteux.

CHAPTER XI

The second planet was inhabited by a conceited man.

"Ah! Here comes a visit from an admirer!" exclaimed the conceited man from afar, the moment he spotted the little prince.

Because, to conceited men, all other men are admirers.

"Good morning," said the little prince. "You have a funny hat."

"It's for saluting," the conceited man replied. "It's to raise in salute when people acclaim me. Unfortunately, nobody ever passes by this way."

"Oh, Really?" said the little prince, who didn't understand.

"Clap your hands, one against the other," the conceited man advised.

Le petit prince frappa ses mains l'une contre l'autre. Le vaniteux salua modestement en soulevant son chapeau.

« Ça c'est plus amusant que la visite au roi », se dit en lui-même le petit prince. Et il recommença de frapper ses mains l'une contre l'autre. Le vaniteux recommença de saluer en soulevant son chapeau.

Après cinq minutes d'exercice le petit prince se fatigua de la monotonie du jeu:

— Et, pour que le chapeau tombe, demanda-t-il, que faut-il faire?

Mais le vaniteux ne l'entendit pas. Les vaniteux n'entendent jamais que les louanges.

— Est-ce que tu m'admires vraiment beaucoup? demanda-t-il au petit prince.

— Qu'est-ce que signifie « admirer » ?

— « Admirer » signifie « reconnaître que je suis l'homme le plus beau, le mieux habillé, le plus riche et le plus intelligent de la planète. »

— Mais tu es seul sur ta planète!

— Fais-moi ce plaisir. Admire-moi quand-même!

— Je t'admire, dit le petit prince, en haussant un peu les épaules, mais en quoi cela peut-il bien t'intéresser?

Et le petit prince s'en fut.

« Les grandes personnes sont décidément bien bizarres », se dit-il en lui-même durant son voyage.

The little prince clapped his hands, one against the other. The conceited man raised his hat in a modest salute.

"This is more fun than the visit to the king," the little prince said to himself. And he began again to clap his hands, one against the other. The conceited man again raised his hat in a salute.

After five minutes of this exercise the little prince grew tired of the monotony of the game:

"And what should I do," he asked, "to make the hat come down?"

But the conceited man didn't hear him. Conceited people never hear anything but praise.

"Do you really admire me a lot?" he asked the little prince.

"What does that mean—'to admire'?"

"'To admire' means 'to recognise that I'm the most handsome, the best-dressed, the richest, and the most intelligent man on the planet.'"

"But you're the only man on your planet!"

"Do it for me. Admire me just the same."

"I admire you," said the little prince, shrugging his shoulders a little, "but how can that interest you so much?"

And the little prince went away.

"The grown-ups are certainly very odd," he said to himself, as he continued his journey.

CHAPITRE XII

La planète suivante était habitée par un buveur. Cette visite fut très courte, mais elle plongea le petit prince dans une grande mélancolie:

— Que fais-tu là? dit-il au buveur, qu'il trouva installé en silence devant une collection de bouteilles vides et une collection de bouteilles pleines.

— Je bois, répondit le buveur, d'un air lugubre.

— Pourquoi bois-tu? lui demanda le petit prince.

— Pour oublier, répondit le buveur.

— Pour oublier quoi? s'enquit le petit prince qui déjà le plaignait.

— Pour oublier que j'ai honte, avoua le buveur en baissant la tête.

— Honte de quoi? s'informa le petit prince qui désirait le secourir.

— Honte de boire! acheva le buveur qui s'enferma définitivement dans le silence.

CHAPTER XII

The next planet was inhabited by a heavy drinker. This was a very short visit, but it plunged the little prince into a deep sadness.

"What are you doing there?" he said to the drinker, who he found sitting in silence in front of a number of empty bottles and a number of full bottles.

"I'm drinking," replied the drinker, gloomily.

"Why are you drinking?" the little prince asked him.

"To forget," replied the drinker.

"To forget what?" asked the little prince, who already felt sorry for him.

"To forget that I'm ashamed," confessed the drinker, lowering his head.

"Ashamed of what?" inquired the little prince, who wanted to help him.

"Ashamed of drinking!" concluded the drinker, who then shut himself away in the silence.

Et le petit prince s'en fut, perplexe.

Les grandes personnes sont décidément très très bizarres, se disait-il en lui-même durant le voyage.

And the little prince went away, puzzled.

"The grown-ups are certainly very, very odd," he said to himself, as he continued on his journey.

CHAPITRE XIII

La quatrième planète était celle du businessman. Cet homme était si occupé qu'il ne leva même pas la tête à l'arrivée du petit prince.

— Bonjour, lui dit celui-ci. Votre cigarette est éteinte.

— Trois et deux font cinq. Cinq et sept douze. Douze et trois quinze. Bonjour. Quinze et sept vingt-deux. Vingt-deux et six vingt-huit. Pas le temps de la rallumer. Vingt-six et cinq trente et un. Ouf! Ca fait donc cinq cent un millions six cent vingt-deux mille sept cent trente et un.

— Cinq cents millions de quoi?

CHAPTER XIII

The fourth planet belonged to a businessman. This man was so busy that he didn't even raise his head when the little prince arrived.

"Good morning," the little prince said to him. "Your cigarette has gone out."

"Three and two make five. Five and seven make twelve. Twelve and three make fifteen. Good morning. Fifteen and seven make twenty-two. Twenty-two and six make twenty-eight. No time to light it again. Twenty-six and five make thirty-one. Phew! Then that makes five-hundred-and-one million, six-hundred-twenty-two-thousand, seven-hundred-thirty-one."

"Five hundred million what?"

— Hein? Tu es toujours là? Cinq cent un millions de… je ne sais plus… J'ai tellement de travail! Je suis sérieux, moi, je ne m'amuse pas à des balivernes! Deux et cinq sept…

— Cinq cent un millions de quoi? répéta le petit prince qui jamais de sa vie n'avait renoncé à une question, une fois qu'il l'avait posée.

Le businessman leva la tête:

— Depuis cinquante-quatre ans que j'habite cette planète-ci, je n'ai été dérangé que trois fois. La première fois ç'a été, il y a vingt-deux ans, par un hanneton qui était tombé Dieu sait d'où. Il répandait un bruit épouvantable, et j'ai fait quatre erreurs dans une addition. La seconde fois ç'a été, il y a onze ans, par une crise de rhumatisme. Je manque d'exercice. Je n'ai pas le temps de flâner. Je suis sérieux, moi. La troisième fois… la voici! Je disais donc cinq cent un millions…

— Millions de quoi?

Le businessman comprit qu'il n'était point d'espoir de paix:

— Millions de ces petites choses que l'on voit quelquefois dans le ciel.

— Des mouches?

— Mais non, des petites choses qui brillent.

— Des abeilles?

— Mais non. Des petites choses dorées qui font rêvasser les fainéants. Mais je suis sérieux, moi! Je n'ai pas le temps de rêvasser.

"Huh? Are you still there? Five-hundred-and-one million… I've forgotten now… I have so much work! I am a man of consequence. I don't amuse myself with balderdash! Two and five make seven…"

"Five-hundred-and-one million what?" repeated the little prince, who had never in his life let go of a question, once he had asked it.

The businessman raised his head.

"During the fifty-four years that I've lived on this planet, I've only been disturbed three times. The first time was twenty-two years ago, by some scatterbrain who fell from god knows where. He made the most dreadful noise, and I made four mistakes in a sum. The second time was eleven years ago, by an attack of rheumatism. I don't get enough exercise. I don't have time to stroll about. I am a man of consequence. The third time—well, this is it! I was saying, then, five-hundred-and-one million—"

"Millions of what?"

The businessman realised that there was no hope of being left in peace:

"Millions of those little objects that you see sometimes in the sky."

"Flies?"

"No, no, the little things that shine."

"Bees?"

"No, no! The little golden things that make lazy men daydream. As for me, I am a man of consequence. I have no time to daydream."

— Ah! des étoiles?

"Ah! The stars?"

— C'est bien ça. Des étoiles.

"Yes, that's it. The stars."

— Et que fais-tu de cinq cents millions d'étoiles?

"And what do you do with five-hundred million stars?"

— Cinq cent un millions six cent vingt-deux mille cent trente et un. Je suis sérieux, moi, je suis précis.

"Five-hundred-and-one million, six-hundred-twenty-two thousand, seven-hundred-thirty-one. I am a man of consequence: I am precise."

— Et que fais-tu de ces étoiles?

"And what do you do with these stars?"

— Ce que j'en fais?

"What do I do with them?"

— Oui.

"Yes."

— Rien. Je les possède.

"Nothing. I own them."

— Tu possèdes les étoiles?

"You own the stars?"

— Oui.

"Yes."

— Mais j'ai déjà vu un roi qui…

"But I've already seen a king who—"

— Les rois ne possèdent pas. Ils « règnent » sur. C'est très différent.

"Kings don't own, they 'reign' over. It's very different."

— Et à quoi cela te sert-il de posséder les étoiles?

"And how does owning the stars help you?"

— Ça me sert à être riche.

"It helps by making me rich."

— Et à quoi cela te sert-il d'être riche?

"And how does being rich help you?"

— À acheter d'autres étoiles, si quelqu'un en trouve.

"To buy more stars, if someone discovers some more."

Celui-là, se dit en lui-même le petit prince, il raisonne un peu comme mon ivrogne.

"This man," the little prince said to himself, "reasons a bit like my poor drinker…"

Cependant il posa encore des questions:

But he still had some questions:

— Comment peut-on posséder les étoiles?

"How can you own the stars? "

— A qui sont-elles? riposta, grincheux, le businessman.

"Who owns them?" the businessman retorted, grumpily.

— Je ne sais pas. A personne.

— Alors elles sont à moi, car j'y ai pensé le premier.

— Ca suffit?

— Bien sûr. Quand tu trouves un diamant qui n'est à personne, il est à toi. Quand tu trouves une île qui n'est à personne, elle est à toi. Quand tu as une idée le premier, tu la fais breveter: elle est à toi. Et moi je possède les étoiles, puisque jamais personne avant moi n'a songé à les posséder.

— Ça c'est vrai, dit le petit prince.
Et qu'en fais-tu?

— Je les gère. Je les compte et je les recompte, dit le businessman. C'est difficile. Mais je suis un homme sérieux!

Le petit prince n'était pas satisfait encore.

— Moi, si je possède un foulard, je puis le mettre autour de mon cou et l'emporter. Moi, si je possède une fleur, je puis cueillir ma fleur et l'emporter. Mais tu ne peux pas cueillir les étoiles!

— Non, mais je puis les placer en banque.

— Qu'est-ce que ça veut dire?

— Ça veut dire que j'écris sur un petit papier le nombre de mes étoiles. Et puis j'enferme à clef ce papier-là dans un tiroir.

— Et c'est tout?

— Ça suffit!

"I don't know. Nobody does."

"Then they belong to me, because I thought of it first."

"Is that all that's necessary?"

"Certainly. When you find a diamond that belongs to nobody, it's yours. When you discover an island that belongs to nobody, it's yours. When you get an idea first, you take out a patent: it's yours. And I own the stars, because no one before me ever thought of owning them.

"Yes, that's true," said the little prince. "And what do you do with them?"

"I administer them. I count them and recount them," said the businessman. "It's difficult. But I am a man of consequence."

The little prince was still not satisfied.

"If I owned a scarf, I could put it around my neck and take it away with me. If I owned a flower, I could pick my flower and take it away with me. But you can't pick the stars."

"No. But I can put them in the bank."

"What does that mean?"

"That means that I write the number of my stars on a little paper. And then I lock this paper in a draw."

"And that's all?"

"That's enough."

« C'est amusant, pensa le petit prince. C'est assez poétique. Mais ce n'est pas très sérieux. »

Le petit prince avait sur les choses sérieuses des idées très différentes des idées des grandes personnes.

— Moi, dit-il encore, je possède une fleur que j'arrose tous les jours. Je possède trois volcans que je ramone toutes les semaines. Car je ramone aussi celui qui est éteint. On ne sait jamais. C'est utile à mes volcans, et c'est utile à ma fleur, que je les possède. Mais tu n'es pas utile aux étoiles…

Le businessman ouvrit la bouche mais ne trouva rien à répondre, et le petit prince s'en fut.

« Les grandes personnes sont décidément tout à fait extraordinaires », se disait-il simplement en lui-même durant le voyage.

"That's funny," thought the little prince. "It's rather poetic. But it's of no great consequence."

On matters of consequence, the little prince had ideas which were very different from those of the grown-ups.

"I myself," he continued, "own a flower that I water every day. I own three volcanoes, that I sweep out every week, as I also sweep out the one that's extinct. You never know. It's of some use to my volcanoes, and it's of some use to my flower, that I own them. But you're of no use to the stars…"

The businessman opened his mouth, but he found nothing to say in response, and the little prince went away.

"The grown-ups are certainly altogether extraordinary," he said to himself, as he continued on the journey.

CHAPITRE XIV

La cinquième planète était très curieuse. C'était la plus petite de toutes. Il y avait là juste assez de place pour loger un réverbère et un allumeur de réverbères. Le petit prince ne parvenait pas à s'expliquer à quoi pouvaient servir, quelque part dans le ciel, sur une planète sans maison, ni population, un réverbère et un allumeur de réverbères. Cependant il se dit en lui-même:

« Peut-être bien que cet homme est absurde. Cependant il est moins absurde que le roi, que le vaniteux, que le businessman et que le buveur. Au moins son travail a-t-il un sens. Quand il allume son réverbère, c'est comme s'il faisait naître une étoile de plus, ou une fleur. Quand il éteint son réverbère, ça endort la fleur ou l'étoile. C'est une occupation très jolie. C'est véritablement utile puisque c'est joli. »

Lorsqu'il aborda la planète il salua respectueusement l'allumeur:

— Bonjour. Pourquoi viens-tu d'éteindre ton réverbère?

— C'est la consigne, répondit l'allumeur. Bonjour.

— Qu'est-ce que la consigne?

— C'est d'éteindre mon réverbère. Bonsoir.

Et il le ralluma.

— Mais pourquoi viens-tu de le rallumer?

— C'est la consigne, répondit l'allumeur.

— Je ne comprends pas, dit le petit prince.

The fifth planet was very strange. It was the smallest of them all. There was just enough room on it to accommodate a street lamp and a lamplighter. The little prince couldn't work out the purpose of having a street lamp and a lamplighter, somewhere out in the skies, on a planet without any houses or people. He said to himself nevertheless:

"It may well be that this man is absurd. But, he's less absurd than the king, than the conceited man, the businessman, or the drinker. At least his work has some meaning. When he lights his lamp, it's as if he's bringing to life one more star, or one more flower. When he puts out his lamp, he sends the flower, or the star, to sleep. That's a beautiful occupation. It serves a real purpose, because it's pretty."

When he arrived on the planet he respectfully saluted the lamplighter.

"Good morning. Why have you just put out your lamp?"

"Those are the orders," replied the lamplighter. "Good morning."

"What are the orders?"

"That I put out my lamp. Good evening."

And he lit it again.

"But why have you just lit it again?"

"Those are the orders," replied the lamplighter.

"I don't understand," said the little prince.

— Il n'y a rien à comprendre, dit l'allumeur. La consigne c'est la consigne. Bonjour.

Et il éteignit son réverbère.

Puis il s'épongea le front avec un mouchoir à carreaux rouges.

— Je fais là un métier terrible. C'était raisonnable autrefois. J'éteignais le matin et j'allumais le soir. J'avais le reste du jour pour me reposer, et le reste de la nuit pour dormir…

— Et, depuis cette époque, la consigne a changé?

— La consigne n'a pas changé, dit l'allumeur. C'est bien là le drame! La planète d'année en année a tourné de plus en plus vite, et la consigne n'a pas changé!

— Alors? dit le petit prince.

— Alors maintenant qu'elle fait un tour par minute, je n'ai plus un seconde de repos. J'allume et j'éteins une fois par minute!

— Ça c'est drôle! Les jours chez toi durent une minute!

— Ce n'est pas drôle du tout, dit l'allumeur. Ça fait déjà un mois que nous parlons ensemble.

— Un mois?

— Oui. Trente minutes. Trente jours! Bonsoir.

Et il ralluma son réverbère.

"There's nothing to understand," said the lamplighter. "Orders are orders. Good morning."

And he put out his lamp.

Then he sponged his forehead with a handkerchief, decorated with red squares.

"I have a terrible profession. In the old days it was reasonable. I'd put the lamp out in the morning, and in the evening I'd light it. I had the rest of the day to rest, and the rest of the night to sleep…"

"And since then, have the orders changed?"

"The orders haven't changed," said the lamplighter. "That's the tragedy! Every year the planet has turned faster and faster, and the orders haven't changed!"

"So what then?" said the little prince.

"So now that it spins round once every minute, I no longer have a moment's rest. Once every minute I light the lamp and put it out again!"

"That's funny! Where you live, a day only lasts a minute!"

"It's not funny at all!" said the lamplighter. "We've already been speaking for a month."

"A month?"

"Yes. Thirty minutes. Thirty days. Good evening."

And he lit his lamp again.

Le petit prince le regarda et il aima cet allumeur qui était tellement fidèle à sa consigne. Il se souvint des couchers de soleil que lui-même allait autrefois chercher, en tirant sa chaise. Il voulut aider son ami:

— Tu sais… je connais un moyen de te reposer quand tu voudras…

— Je veux toujours, dit l'allumeur.

Car on peut être, à la fois, fidèle et paresseux.

Le petit prince poursuivit:

— Ta planète est tellement petite que tu en fais le tour en trois enjambées. Tu n'as qu'à marcher assez lentement pour rester toujours au soleil. Quand tu voudras te reposer tu marcheras… et le jour durera aussi longtemps que tu voudras.

— Ça ne m'avance pas à grand chose, dit l'allumeur. Ce que j'aime dans la vie, c'est dormir.

— Ce n'est pas de chance, dit le petit prince.

— Ce n'est pas de chance, dit l'allumeur. Bonjour.

Et il éteignit son réverbère.

« Celui-là, se dit le petit prince, tandis qu'il poursuivait plus loin son voyage, celui-là serait méprisé par tous les autres, par le roi, par le vaniteux, par le buveur, par le businessman. Cependant c'est le seul qui ne me paraisse pas ridicule. C'est, peut-être, parce qu'il s'occupe d'autre chose que de soi-même. »

The little prince watched him and felt that he loved this lamplighter who was so faithful to his orders. He remembered the sunsets which he himself had gone to seek in the past, by moving his chair. He wanted to help his friend.

"You know — I know a way you can rest whenever you want…"

"I always want to," said the lamplighter.

For it's possible to be both faithful and lazy at the same time.

The little prince went on:

"Your planet is so small that you can go right round it in three strides. You only have to walk along rather slowly to always stay in the sun. When you want to rest, you can walk— and the day will last as long as you like."

"That doesn't do me much good," said the lamplighter. "What I really love in life is to sleep."

"That's bad luck," said the little prince.

"That is bad luck," said the lamplighter. "Good morning."

And he put out his lamp.

"That man," said the little prince to himself, as he continued further on his journey, "that man would be despised by all the others: by the king, by the conceited man, by the drinker, and by the businessman. Yet he's the only one that doesn't seem ridiculous to me. Perhaps it's because he thinks of something other than himself."

Il eut un soupir de regret et se dit encore:

« Celui-là est le seul dont j'eusse pu faire mon ami. Mais sa planète est vraiment trop petite. Il n'y a pas de place pour deux… »

Ce que le petit prince n'osait pas s'avouer, c'est qu'il regrettait cette planète bénie à cause, surtout, des mille quatre cent quarante couchers de soleil par vingt-quatre heures!

He breathed a sigh of regret, and said to himself:

"That man is the only one with who I could've made friends. But his planet is really very small. There's no room on it for two people…"

What the little prince didn't dare admit to himself was that he missed this blessed planet most of all because of the 1440 sunsets every day!

CHAPITRE XV

La sixième planète était une planète dix fois plus vaste. Elle était habitée par un vieux monsieur qui écrivait d'énormes livres.

— Tiens! voilà un explorateur! s'écria-t-il, quand il aperçut le petit prince.

Le petit prince s'assit sur la table et souffla un peu. Il avait déjà tant voyagé!

— D'où viens-tu? lui dit le vieux monsieur.

— Quel est ce gros livre? dit le petit prince. Que faites-vous ici?

— Je suis géographe, dit le vieux monsieur.

— Qu'est-ce qu'un géographe?

— C'est un savant qui connaît où se trouvent les mers, les fleuves, les villes, les montagnes et les déserts.

— Ça c'est bien intéressant, dit le petit prince. Ça c'est enfin un véritable métier!

Et il jeta un coup d'œil autour de lui sur la planète du géographe. Il n'avait jamais vu encore une planète aussi majestueuse.

CHAPTER XV

The sixth planet was ten times larger than the last. It was inhabited by an old gentleman who wrote enormous books.

"Oh, look! Here comes an explorer!" he cried out when he caught sight of the little prince.

The little prince sat down on the table and panted a little. He had already travelled so far!

"Where do you come from?" the old gentleman said to him.

"What's that big book?" said the little prince. "What do you do here?"

"I am a geographer," said the old gentleman.

"What's a geographer?"

"He is a scholar who knows the location of the seas, the rivers, the towns, the mountains, and the deserts."

"That's very interesting," said the little prince. "That really is, at last, a real profession!"

And he glanced around at the planet of the geographer. He had never seen such a majestic planet before.

— Elle est bien belle, votre planète.
Est-ce qu'il y a des océans?

— Je ne puis pas le savoir, dit le géographe.

— Ah! (Le petit prince était déçu.)
Et des montagnes?

— Je ne puis pas le savoir, dit le géographe.

— Et des villes et des fleuves et des déserts?

— Je ne puis pas le savoir non plus, dit le géographe.

— Mais vous êtes géographe!

— C'est exact, dit le géographe, mais je ne suis pas explorateur. Je manque absolument d'explorateurs. Ce n'est pas le géographe qui va faire le compte des villes, des fleuves, des montagnes, des mers, des océans et des déserts. La géographe est trop importante pour flâner. Il ne quitte pas son bureau. Mais il y reçoit les explorateurs. Il les interroge, et il prend en note leurs souvenirs. Et si les souvenirs de l'un d'entre eux lui paraissent intéressants, le géographe fait une enquête sur la moralité de l'explorateur.

— Pourquoi ça?

— Parce qu'un explorateur qui mentirait entraînerait des catastrophes dans les livres de géographie. Et aussi un explorateur qui boirait trop.

— Pourquoi ça? fit le petit prince.

— Parce que les ivrognes voient double. Alors le géographe noterait deux montagnes, là où il n'y en a qu'une seule.

— Je connais quelqu'un, dit le petit prince, qui serait mauvais explorateur.

"Your planet is very beautiful," he said.
"Are there oceans?"

"I wouldn't know," said the geographer.

"Oh." (The little prince was disappointed.)
"And mountains?"

"I wouldn't know," said the geographer.

"And towns, and rivers, and deserts?"

"I wouldn't know that, either," said the geographer.

"But you're a geographer!"

"That's true," the geographer said, "but I am not an explorer. I don't have a single explorer. It is not for the geographer to count the towns, the rivers, the mountains, the seas, the oceans, and the deserts. The geographer is too important to go strolling about. He doesn't leave his desk. But he receives the explorers. He asks them questions, and he writes down their recollections. And if any of their recollections seem interesting to him, the geographer orders an inquiry into that explorer's moral character."

"Why's that?"

"Because an explorer who told lies would cause havoc to geography books. So would an explorer who drank too much."

"Why's that?" asked the little prince.

"Because intoxicated men see double. So the geographer would record two mountains in a place where there was only one."

"I know someone," said the little prince, "who'd make a bad explorer."

— C'est possible. Donc, quand la moralité de l'explorateur paraît bonne, on fait une enquête sur sa découverte.

— On va voir?

— Non. C'est trop compliqué. Mais on exige de l'explorateur qu'il fournisse des preuves. S'il s'agit par exemple de la découverte d'une grosse montagne, on exige qu'il en rapporte de grosses pierres.

Le géographe soudain s'émut.

— Mais toi, tu viens de loin! Tu es explorateur! Tu vas me décrire ta planète!

Et le géographe, ayant ouvert son registre, tailla son crayon. On note d'abord au crayon les récits des explorateurs. On attend, pour noter à l'encre, que l'explorateur ait fourni des preuves.

— Alors? interrogea le géographe.

— Oh! chez moi, dit le petit prince, ce n'est pas très intéressant, c'est tout petit. J'ai trois volcans. Deux volcans en activité, et un volcan éteint. Mais on ne sait jamais.

— On ne sait jamais, dit le géographe.

— J'ai aussi une fleur.

— Nous ne notons pas les fleurs, dit le géographe.

— Pourquoi ça! c'est le plus joli!

— Parce que les fleurs sont éphémères.

— Qu'est-ce que signifie: « éphémère »?

"That's possible. So, when the moral character of the explorer appears to be in order, an inquiry is done into his discovery."

"You go to see it?"

"No. That would be too complicated. But one requires the explorer to provide proof. If for example, the discovery in question was of a large mountain, one would require that he bring back large stones from it."

The geographer suddenly became excited.

"But you—you come from far away! You are an explorer! You must describe your planet to me!"

And the geographer, having opened his big register, sharpened his pencil. The recitals of explorers are first recorded in pencil. One waits until the explorer has provided proof before recording them in ink.

"Well?" said the geographer.

"Oh, where I live," said the little prince, "it's not very interesting, everything is very small. I have three volcanoes. Two active volcanoes, and one extinct one. But you never know."

"One never knows," said the geographer.

"I also have a flower."

"We do not record flowers," said the geographer.

"Why's that? It's the prettiest thing!"

"Because flowers are ephemeral."

"What does that mean — 'ephemeral'?"

— Les géographies, dit le géographe, sont les livres les plus sérieux de tous les livres. Elles ne se démodent jamais. Il est très rare qu'une montagne change de place. Il est très rare qu'un océan se vide de son eau. Nous écrivons des choses éternelles.

— Mais les volcans éteints peuvent se réveiller, interrompit le petit prince. Qu'est-ce que signifie « éphémère »?

— Que les volcans soient éteints ou soient éveillés, ça revient au même pour nous autres, dit le géographe. Ce qui compte pour nous, c'est la montagne. Elle ne change pas.

— Mais qu'est-ce que signifie « éphémère »? répéta le petit prince qui, de sa vie, n'avait renoncé à une question, une fois qu'il l'avait posée.

— Ça signifie « qui est menacé de disparition prochaine ».

— Ma fleur est menacée de disparition prochaine?

— Bien sûr.

« Ma fleur est éphémère, se dit le petit prince, et elle n'a que quatre épines pour se défendre contre le monde! Et je l'ai laissée toute seule chez moi! »

Ce fut là son premier mouvement de regret. Mais il reprit courage:

— Que me conseillez-vous d'aller visiter? demanda-t-il.

— La planète Terre, lui répondit le géographe. Elle a une bonne réputation…

Et le petit prince s'en fut, songeant à sa fleur.

"Geography books," said the geographer, "of all books, are the most concerned with matters of consequence. They never become out-dated. It is very rare that a mountain changes position. It is very rare that an ocean empties itself of its water. We write about eternal things."

"But extinct volcanoes can wake up," interrupted the little prince. "What does 'ephemeral' mean?"

"Whether volcanoes are extinct or active is of no consequence to us," said the geographer. "The thing that matters to us is the mountain. It does not change."

"But what does 'ephemeral' mean?" repeated the little prince, who had never in his life let go of a question, once he had asked it.

"It means, 'which is at risk of imminent disappearance.'"

"Is my flower at risk of imminent disappearance?"

"Of course."

"My flower is ephemeral," the little prince said to himself, "and she has only four thorns to defend herself against the world. And I've left her all alone on my planet!"

That was his first moment of regret. But he took heart once again:

"What place would you advise me to visit?" he asked.

"The planet Earth," replied the geographer. "It has a good reputation…"

And the little prince went away, thinking of his flower.

CHAPITRE XVI

La septième planète fut donc la Terre.

La Terre n'est pas une planète quelconque! On y compte cent onze rois (en n'oubliant pas, bien sûr, les rois nègres), sept mille géographes, neuf cent mille businessmen, sept millions et demi d'ivrognes, trois cent onze millions de vaniteux, c'est-à-dire environ deux milliards de grandes personnes.

Pour vous donner une idée des dimensions de la Terre je vous dirai qu'avant l'invention de l'électricité on y devait entretenir, sur l'ensemble des six continents, une véritable armée de quatre cent soixante-deux mille cinq cent onze allumeurs de réverbères.

Vu d'un peu loin ça faisait un effet splendide. Les mouvements de cette armée étaient réglés comme ceux d'un ballet d'opéra. D'abord venait le tour des allumeurs de réverbères de Nouvelle-Zélande et d'Australie. Puis ceux-ci, ayant allumé leurs lampions, s'en allaient dormir. Alors entraient à leur tour dans la danse les allumeurs de réverbères de Chine et de Sibérie. Puis eux aussi s'escamotaient dans les coulisses. Alors venait le tour des allumeurs de réverbères de Russie et des Indes. Puis de ceux d'Afrique et d'Europe. Puis de ceux d'Amérique de Sud. Puis de ceux d'Amérique du Nord. Et jamais ils ne se trompaient dans leur ordre d'entrée en scène. C'était grandiose.

Seuls, l'allumeur de l'unique réverbère du pôle Nord, et son confrère de l'unique réverbère du pôle Sud, menaient des vies d'oisiveté et de nonchalance: Ils travaillaient deux fois par an.

CHAPTER XVI

So the seventh planet was the Earth.

The Earth isn't just any old planet! It has 111 kings (not forgetting, of course, the Negro kings amongst them), 7000 geographers, 900,000 businessmen, 7,500,000 heavy drinkers, 311,000,000 conceited men, that's to say, about 2,000,000,000 grown-ups.

To give you an idea of the size of the Earth, I'll tell you that before the invention of electricity it was necessary to maintain, over the span of the six continents, a veritable army of 462,511 streetlamp lighters.

Seen from a distance it made a wonderful spectacle. The movements of this army were regulated like those of an opera ballet. First came the turn of the lamplighters of New Zealand and Australia. Having set their lamps alight, they would go off to bed. Next came the turn of the lamplighters of China and Siberia to enter into the dance. Then they too would disappear into the wings. Then came the turn of the lamplighters of Russia and the Indies. Then those of Africa and Europe. Then those of South America. Then those of North America. And never would they make a mistake in their order of entry on stage. It was magnificent.

Only the lamp lighter of the single lamp of the North pole, and his colleague at the single lamp of the South pole led lives of leisure: they worked twice a year.

CHAPITRE XVII

Quand on veut faire de l'esprit, il arrive que l'on mente un peu. Je n'ai pas été très honnête en vous parlant des allumeurs de réverbères. Je risque de donner une fausse idée de notre planète à ceux qui ne la connaissent pas. Les hommes occupent très peu de place sur la Terre. Si les deux milliards d'habitants qui peuplent la Terre se tenaient debout et un peu serrés, comme pour un meeting, ils logeraient aisément sur une place publique de vingt milles de long sur vingt milles de large. On pourrait entasser l'humanité sur le moindre petit îlot du Pacifique.

Les grandes personnes, bien sûr, ne vous croiront pas. Elles s'imaginent tenir beaucoup de place. Elles se voient importantes comme des baobabs. Vous leur conseillerez donc de faire le calcul. Elles adorent les chiffres: ça leur plaira. Mais ne perdez pas votre temps à ce pensum. C'est inutile. Vous avez confiance en moi.

Le petit prince, une fois sur Terre, fut donc bien surpris de ne voir personne. Il avait déjà peur de s'être trompé de planète, quand un anneau couleur de lune remua dans le sable.

— Bonne nuit, fit le petit prince à tout hasard.

— Bonne nuit fit le serpent.

— Sur quelle planète suis-je tombé? demanda le petit prince.

— Sur la Terre, en Afrique, répondit le serpent.

— Ah!… Il n'y a donc personne sur la Terre?

CHAPTER XVII

When one wants to be witty, it can happen that one bends the truth a little. I haven't been entirely honest in telling you about the lamplighters. I run the risk of giving a false idea of our planet to those who don't know it. Men take up very little space on the Earth. If the two billion people who inhabitant the Earth were to stand upright and squash together a little, like for a meeting, they would easily fit on one public square twenty miles long and twenty miles wide. All humanity could be piled up on the smallest Pacific islet.

The grown-ups, of course, won't believe you. They picture themselves as taking up a lot of space. They think themselves as important as the baobabs. Therefore you should advise them to do the math. They adore numbers, and that will please them. But don't waste your time on this chore. There's no point. You trust me.

The little prince, having arrived on Earth, was very surprised not to see anyone. He had already started to worry that he'd got the wrong planet, when a moon-coloured coil stirred in the sand.

"Good evening," said the little prince courteously.

"Good evening," said the snake.

"On what planet have I come down on?" asked the little prince.

"Onto Earth, in Africa," the snake answered.

"Oh!... So there's no one on Earth?"

— Ici c'est le désert. Il n'y a personne dans les déserts. La Terre est grande, dit le serpent.

Le petit prince s'assit sur une pierre et leva les yeux vers le ciel:

— Je me demande dit-il, si les étoiles sont éclairées afin que chacun puisse un jour retrouver la sienne. Regarde ma planète. Elle est juste au-dessus de nous... Mais comme elle est loin!

— Elle est belle, dit le serpent.
Que viens-tu faire ici?

— J'ai des difficultés avec une fleur,
dit le petit prince.

— Ah! fit le serpent.

Et ils se turent.

— Où sont les hommes? reprit enfin le petit prince. On est un peu seul dans le désert...

— On est seul aussi chez les hommes,
dit le serpent.

Le petit prince le regarda longtemps:

— Tu es une drôle de bête, lui dit-il enfin, mince comme un doigt...

— Mais je suis plus puissant que le doigt d'un roi, dit le serpent.

Le petit prince eut un sourire:

— Tu n'es pas bien puissant... tu n'as même pas de pattes... tu ne peux même pas voyager...

— Je puis t'emporter plus loin qu'un navire, dit le serpent.

"This is the desert. There is no one in the deserts. The Earth is large," said the snake.

The little prince sat down on a stone, and raised his eyes toward the sky.

"I wonder," he said, "if the stars are lit so that each of us can one day find his own again. Look at my planet. It's right there above us... But it's so far away!"

"It is beautiful," said the snake.
"What has brought you here?"

"I've been having some trouble with a flower," said the little prince.

"Ah!" said the snake.

And they were silent.

"Where are the men?" asked the little prince at last. "It's a bit lonely in the desert..."

"It is also lonely amongst men,"
the snake said.

The little prince gazed at him for a long time.

"You're a funny animal," he said finally,
"as thin as a finger..."

"But I am more powerful than the finger of a king," said the snake.

The little prince smiled.

"You're not very powerful... you haven't even got any legs... you can't even travel..."

"I can carry you further than a ship,"
said the snake.

Il s'enroula autour de la cheville du petit prince, comme un bracelet d'or:

— Celui que je touche, je le rends à la terre dont il est sorti, dit-il encore. Mais tu es pur et tu viens d'une étoile…

Le petit prince ne répondit rien.

— Tu me fais pitié, toi si faible, sur cette Terre de granit. Je puis t'aider un jour si tu regrettes trop ta planète. Je puis…

— Oh! J'ai très bien compris, fit le petit prince, mais pourquoi parles-tu toujours par énigmes?

— Je les résous toutes, dit le serpent.

Et ils se turent.

He wrapped himself around the little prince's ankle, like a golden bracelet.

"Whoever I touch, I send him back to the earth from which he came," he continued. "But you are pure, and you come from a star…"

The little prince made no reply.

"I feel sorry for you, so weak, on this Earth made of granite. I can help you if someday you become too homesick for your planet. I can…"

"Oh! I understand very well," said the little prince, "but why do you always speak in riddles?"

"I solve them all," said the snake.

And they were silent.

CHAPITRE XVIII

Le petit prince traversa le désert et ne rencontra qu'une fleur. Une fleur à trois pétales, une fleur de rien du tout…

— Bonjour, dit le petit prince.

— Bonjour, dit la fleur.

— Où sont les hommes? demanda poliment le petit prince.

La fleur, un jour, avait vu passer une caravane:

— Les hommes? Il en existe, je crois, six ou sept. Je les ai aperçus il y a des années. Mais on ne sait jamais où les trouver. Le vent les promène. Ils manquent de racines, ça les gêne beaucoup.

— Adieu, fit le petit prince.

— Adieu, dit la fleur.

CHAPTER XVIII

The little prince crossed the desert and met only with one flower. A flower with three petals, a nondescript flower belonging to no one.

"Good morning," said the little prince.

"Good morning," said the flower.

"Where are the men?" asked the little prince politely.

The flower had once seen a caravan passing.

"Men? I think there exists six or seven of them. I saw them years ago. But you never know where to find them. They are blown here and there by the wind. They lack roots, it makes things very difficult for them"

"Goodbye," said the little prince.

"Goodbye," said the flower.

CHAPITRE XIX

Le petit prince fit l'ascension d'une haute montagne. Les seules montagnes qu'il eût jamais connues étaient les trois volcans qui lui arrivaient au genou. Et il se servait du volcan éteint comme d'un tabouret. « D'une montagne haute comme celle-ci, se dit-il donc, j'apercevrai d'un coup toute la planète et tous les hommes… » Mais il n'aperçut rien que des aiguilles de roc bien aiguisées.

— Bonjour, dit-il à tout hasard.

— Bonjour… Bonjour… Bonjour… répondit l'écho.

— Qui êtes-vous? dit le petit prince.

— Qui êtes-vous… qui êtes-vous… qui êtes-vous… répondit l'écho.

— Soyez mes amis, je suis seul, dit-il.

— Je suis seul… je suis seul… je suis seul… répondit l'écho.

« Quelle drôle de planète! pensa-t-il alors. Elle est toute sèche, et toute pointue et toute salée. Et les hommes manquent d'imagination. Ils répètent ce qu'on leur dit… Chez moi j'avais une fleur: elle parlait toujours la première… »

CHAPTER XIX

The little prince climbed a high mountain. The only mountains he'd ever known were the three volcanoes that came up to his knees. And he used the extinct volcano as a footstool. "From a mountain as high as this one," he said to himself, "I'll be able to see the entire planet all at once, and all the people…" But he saw nothing but sharp needles of rock.

"Good morning," he said courteously.

"Good morning… Good morning… Good morning…," answered the echo.

"Who are you?" said the little prince.

"Who are you… who are you… who are you…?" answered the echo.

"Be my friends. I'm all alone," he said.

"I'm all alone… all alone… all alone…," answered the echo.

"What a funny planet!" he thought. "It's all dry, and all jagged, and all barren. And the people have no imagination. They repeat whatever you say to them… On my planet I had a flower: she was always the first to speak…"

CHAPITRE XX

Mais il arriva que le petit prince, ayant longtemps marché à travers les sables, les rocs et les neiges, découvrit enfin une route. Et les routes vont toutes chez les hommes.

— Bonjour, dit-il.

C'était un jardin fleuri de roses.

— Bonjour, dirent les roses.

Le petit prince les regarda. Elles ressemblaient toutes à sa fleur.

— Qui êtes-vous? leur demanda-t-il, stupéfait.

— Nous sommes des roses, dirent les roses.

— Ah! fit le petit prince…

Et il se sentit très malheureux. Sa fleur lui avait raconté qu'elle était seule de son espèce dans l'univers. Et voici qu'il en était cinq mille, toutes semblables, dans un seul jardin!

CHAPTER XX

But it happened that the little prince, having walked for a long time through the sands, rocks, and snow, at last came across a road. And all roads lead to the dwellings of men.

"Good morning," he said.

It was a garden covered in roses.

"Good morning," said the roses.

The little prince gazed at them. They all looked just like his flower.

"Who are you?" he asked them, stunned.

"We're roses," the roses said.

"Oh!" said the little prince…

And he suddenly felt very unhappy. His flower had told him that she was the only one of her kind in the universe. And here were five thousand of them, all alike, in one single garden!

« Elle serait bien vexée, se dit-il, si elle voyait ça… elle tousserait énormément et ferait semblant de mourir pour échapper au ridicule. Et je serais bien obligé de faire semblant de la soigner, car, sinon, pour m'humilier moi aussi, elle se laisserait vraiment mourir… »

Puis il se dit encore: « Je me croyais riche d'une fleur unique, et je ne possède qu'une rose ordinaire. Ça et mes trois volcans qui m'arrivent au genou, et dont l'un, peut-être, est éteint pour toujours, ça ne fait pas de moi un bien grand prince… » Et, couché dans l'herbe, il pleura.

"She'd be very upset," he said to himself, "if she saw this… she'd cough and cough and pretend to die to avoid being laughed at. And I'd have to pretend to nurse her back to life, to humble myself also, because if I didn't, she really would allow herself to die…"

Then he said to himself: "I thought I was rich, with a flower that was one of a kind, and all I have is a common rose. That, and my three volcanoes that come up to my knees, of one which is perhaps forever extinct; that doesn't make me a very great prince…" And lying in the grass, he started to cry.

CHAPITRE XXI

C'est alors qu'apparut le renard:

— Bonjour, dit le renard.

— Bonjour, répondit poliment le petit prince, qui se retourna mais ne vit rien.

— Je suis là, dit la voix, sous le pommier…

— Qui es-tu? dit le petit prince.
Tu es bien joli…

— Je suis un renard, dit le renard.

— Viens jouer avec moi, lui proposa le petit prince. Je suis tellement triste…

— Je ne puis pas jouer avec toi, dit le renard. Je ne suis pas apprivoisé.

— Ah! pardon, fit le petit prince.

Mais après réflexion, il ajouta :

— Qu'est-ce que signifie « apprivoiser »?

CHAPTER XXI

It was then that the fox appeared:

"Good morning," said the fox.

"Good morning," responded the little prince politely, who then turned around, but saw nothing.

"I'm right here," the voice said, "under the apple tree…"

"Who are you?" asked the little prince. "You're very pretty."

"I'm a fox," the fox said.

"Come and play with me," proposed the little prince. "I'm so unhappy."

"I can't play with you," said the fox. "I'm not tamed."

"Oh! I'm sorry," said the little prince.

But, after some thought, he added:

"What does that mean —'tame'?"

— Tu n'es pas d'ici, dit le renard, que cherches-tu?

— Je cherche les hommes, dit le petit prince. Qu'est-ce que signifie « apprivoiser »?

— Les hommes, dit le renard, ils ont des fusils et ils chassent. C'est bien gênant! Ils élèvent aussi des poules. C'est leur seul intérêt. Tu cherches des poules?

— Non, dit le petit prince. Je cherche des amis. Qu'est-ce que signifie « apprivoiser »?

— C'est une chose trop oubliée, dit le renard. Ça signifie « créer des liens… »

— Créer des liens?

— Bien sûr, dit le renard. Tu n'es encore pour moi qu'un petit garçon tout semblable à cent mille petits garçons. Et je n'ai pas besoin de toi. Et tu n'as pas besoin de moi non plus. Je ne suis pour toi qu'un renard semblable à cent mille renards. Mais, si tu m'apprivoises,nous aurons besoin l'un de l'autre. Tu seras pour moi unique au monde. Je serai pour toi unique au monde…

— Je commence à comprendre, dit le petit prince. Il y a une fleur… je crois qu'elle m'a apprivoisé…

— C'est possible, dit le renard. On voit sur la Terre toutes sortes de choses…

— Oh! ce n'est pas sur la Terre, dit le petit prince.

Le renard parut très intrigué :

— Sur une autre planète ?

— Oui.

"You aren't from here," said the fox. "What is it that you're looking for?"

"I'm looking for men," said the little prince. "What does 'tame' mean?"

"Men," said the fox, "they have guns, and they hunt. It's very bothersome. They also raise chickens. It's their sole interest. Are you looking for chickens?"

"No," said the little prince. "I'm looking for friends. What does 'tame' mean?"

"It's something that's too often forgotten," said the fox. "It means 'to establish bonds.'"

"'To establish bonds?'"

"That's right," said the fox. "To me, you're still only a little boy, just like a hundred thousand other little boys. And I don't need you. And you don't need me either. To you, I'm only a fox, just like a hundred thousand other foxes. But if you tame me, we'll need each other. To me, you'll be unique in the entire world. To you, I'll be unique in the entire world…"

"I'm beginning to understand," said the little prince. "There's a flower… I think she's tamed me…"

"It's possible," said the fox. "On Earth you see all kinds of things."

"Oh, but she's not on Earth!" said the little prince.

The fox seemed very intrigued:

"On another planet?"

"Yes."

— Il y a des chasseurs sur cette planète-là ?

"Are there hunters on that planet?"

— Non.

"No."

— Ça, c'est intéressant! Et des poules ?

"That's interesting! And chickens?"

— Non.

"No."

— Rien n'est parfait, soupira le renard.

"Nothing's perfect," sighed the fox.

Mais le renard revint à son idée :

But the fox came back to his idea.

— Ma vie est monotone. Je chasse les poules, les hommes me chassent. Toutes les poules se ressemblent, et tous les hommes se ressemblent. Je m'ennuie donc un peu. Mais si tu m'apprivoises, ma vie sera comme ensoleillée. Je connaîtrai un bruit de pas qui sera différent de tous les autres. Les autres pas me font rentrer sous terre. Le tien m'appellera hors du terrier, comme une musique. Et puis regarde! Tu vois, là-bas, les champs de blé? Je ne mange pas de pain. Le blé pour moi est inutile. Les champs de blé ne me rappellent rien. Et ça, c'est triste! Mais tu as des cheveux couleur d'or. Alors ce sera merveilleux quand tu m'auras apprivoisé! Le blé, qui est doré, me fera souvenir de toi. Et j'aimerai le bruit du vent dans le blé…

"My life is very monotonous. I hunt chickens; men hunt me. All the chickens look alike, and all the men look alike. So I get a bit bored. But if you tame me, it would bring some sunlight into my life. I'd come to know a sound of footsteps unlike any other. Other footsteps send me hurrying back underground. Yours would call me out of my burrow like music. And then look: you see the wheat fields down there? I don't eat bread. Wheat is of no use to me. The wheat fields mean nothing to me. And that's sad. But your hair is the colour of gold. So it'll be wonderful when you've tamed me! The wheat, which is golden, will remind me of you. And I'll love the sound of the wind blowing through the wheat…"

Le renard se tut et regarda longtemps le petit prince :

— S'il te plaît… apprivoise-moi! dit-il.

— Je veux bien, répondit le petit prince, mais je n'ai pas beaucoup de temps. J'ai des amis à découvrir et beaucoup de choses à connaître.

— On ne connaît que les choses que l'on apprivoise, dit le renard. Les hommes n'ont plus le temps de rien connaître. Ils achètent des choses toutes faites chez les marchands. Mais comme il n'existe point de marchands d'amis, les hommes n'ont plus d'amis. Si tu veux un ami, apprivoise-moi!

— Que faut-il faire? dit le petit prince.

— Il faut être très patient, répondit le renard. Tu t'assoiras d'abord un peu loin de moi, comme ça, dans l'herbe. Je te regarderai du coin de l'œil et tu ne diras rien. Le langage est source de malentendus. Mais, chaque jour, tu pourras t'asseoir un peu plus près…

Le lendemain revint le petit prince.

— Il eût mieux valu revenir à la même heure, dit le renard. Si tu viens, par exemple, à quatre heures de l'après-midi, dès trois heures je commencerai d'être heureux. Plus l'heure avancera, plus je me sentirai heureux. À quatre heures, déjà, je m'agiterai et m'inquiéterai; je découvrirai le prix du bonheur! Mais si tu viens n'importe quand, je ne saurai jamais à quelle heure m'habiller le cœur… il faut des rites.

— Qu'est-ce qu'un rite? dit le petit prince.

The fox went silent and gazed at the little prince for a long time.

"Please… tame me!" he said.

"I really want to," the little prince replied, "but I don't have much time. I have friends to discover, and many things to understand."

"One only understands the things that one tames," said the fox. "Men no longer have the time to get to know anything. They buy things ready made in the shops. But as there aren't any shops that sell friends, men no longer have any friends. If you want a friend, tame me…"

"What should I do?" asked the little prince.

"You have to be very patient," replied the fox. "First you'll sit down a little way away from me, like this, in the grass. I'll watch you out of the corner of my eye and you won't say anything. Words are a source of misunderstandings. But every day you'll be able to sit a little closer…"

The next day the little prince came back.

"It would've been better to come back at the same time of day," said the fox. "If you come, for example, at four o'clock in the afternoon, from three o'clock I'd start to feel happy. As the time got nearer, I'd feel happier and happier. Already by four o'clock, I'd be jumping about and getting restless; I'd come to learn the price of happiness! But if you come at just any time, I'd never know at what time my heart should be ready to greet you… we must observe the rites…"

"What's a rite?" asked the little prince.

— C'est aussi quelque chose de trop oublié, dit le renard. C'est ce qui fait qu'un jour est différent des autres jours, une heure, des autres heures. Il y a un rite, par exemple, chez mes chasseurs. Ils dansent le jeudi avec les filles du village. Alors le jeudi est jour merveilleux! Je vais me promener jusqu'à la vigne. Si les chasseurs dansaient n'importe quand, les jours se ressembleraient tous, et je n'aurais point de vacances.

Ainsi le petit prince apprivoisa le renard. Et quand l'heure du départ fut proche :

— Ah! dit le renard… Je pleurerai.

— C'est ta faute, dit le petit prince, je ne te souhaitais point de mal, mais tu as voulu que je t'apprivoise…

— Bien sûr, dit le renard.

"They are also something too often forgotten," said the fox. "They are what make one day different from other days, one hour different from other hours. There's a rite, for example, among my hunters. On Thursdays they dance with the girls of the village. So Thursday is a wonderful day! I can go for a walk as far as the vineyards. If the hunters danced on just any day, all the days would be alike, and I'd never have any rest."

So the little prince tamed the fox. And when the time to leave drew near…

"Oh," said the fox, "I'll cry."

"It's your fault," said the little prince. "I never wished you any harm; but you wanted me to tame you…"

"I know," said the fox.

— Mais tu vas pleurer! dit le petit prince.

— Bien sûr, dit le renard.

— Alors tu n'y gagnes rien!

— J'y gagne, dit le renard, à cause de la couleur du blé.

Puis il ajouta :

— Va revoir les roses. Tu comprendras que la tienne est unique au monde. Tu reviendras me dire adieu, et je te ferai cadeau d'un secret.

Le petit prince s'en fut revoir les roses:

— Vous n'êtes pas du tout semblables à ma rose, vous n'êtes rien encore, leur dit-il. Personne ne vous a apprivoisées et vous n'avez apprivoisé personne. Vous êtes comme était mon renard. Ce n'était qu'un renard semblable à cent mille autres. Mais j'en ai fait mon ami, et il est maintenant unique au monde.

Et les roses étaient bien gênées.

— Vous êtes belles, mais vous êtes vides, leur dit-il encore. On ne peut pas mourir pour vous. Bien sûr, ma rose à moi, un passant ordinaire croirait qu'elle vous ressemble. Mais à elle seule elle est plus importante que vous toutes, puisque c'est elle que j'ai arrosée. Puisque c'est elle que j'ai mise sous globe. Puisque c'est elle que j'ai abritée par le paravent. Puisque c'est elle dont j'ai tué les chenilles (sauf les deux ou trois pour les papillons). Puisque c'est elle que j'ai écoutée se plaindre, ou se vanter, ou même quelquefois se taire. Puisque c'est ma rose.

"But you're going to cry!" said the little prince.

"I know," said the fox.

"So all this has done you no good at all!"

"It has done me good," said the fox, "because of the colour of the wheat."

And then he added:

"Go and see the roses again. You'll understand that yours is unique in the entire world. Then come back to say goodbye to me, and I'll make you a present of a secret."

The little prince went away to see the roses again:

"You aren't like my rose at all, you are nothing yet," he told them. No one has tamed you, and you haven't tamed anyone. You're like my fox used to be. He was only a fox, just like a hundred thousand others. But I've made him my friend, and now he's unique in the entire world."

And the roses were very embarrassed.

"You are beautiful, but you are empty," he went on. "One could not die for you. Of course, an ordinary passer-by would think that my rose looked just like you. But she alone is more important than all of you: because it's her that I watered; because it's her that I put under the glass dome; because it's her that I sheltered behind the screen; because it's for her that I killed the caterpillars (except two or three, to become butterflies); because it's her that I listened to grumble, or boast, or even sometimes when she said nothing. Because she's my rose.

Et il revint vers le renard :

— Adieu, dit-il…

— Adieu, dit le renard. Voici mon secret. Il est très simple : on ne voit bien qu'avec le cœur. L'essentiel est invisible pour les yeux.

— L'essentiel est invisible pour les yeux, répéta le petit prince, afin de se souvenir.

— C'est le temps que tu as perdu pour ta rose qui fait ta rose si importante.

— C'est le temps que j'ai perdu pour ma rose… fit le petit prince, afin de se souvenir.

— Les hommes ont oublié cette vérité, dit le renard. Mais tu ne dois pas l'oublier. Tu deviens responsable pour toujours de ce que tu as apprivoisé. Tu es responsable de ta rose…

— Je suis responsable de ma rose… répéta le petit prince, afin de se souvenir.

And he went back to the fox:

"Goodbye," he said.

"Goodbye," said the fox. "Here's my secret. It's very simple: one only sees clearly with the heart. What is essential is invisible to the eye."

"What is essential is invisible to the eye," repeated the little prince, so as to remember.

"It is the time you have wasted on your rose that makes your rose so important."

"It is the time I have wasted on my rose…" said the little prince, so as to remember.

"The men have forgotten this truth," said the fox. "But you must not forget it. You become forever responsible for that which you have tamed. You are responsible for your rose…"

"I am responsible for my rose," repeated the little prince, so as to remember.

CHAPITRE XXII

— Bonjour, dit le petit prince.

— Bonjour, dit l'aiguilleur.

— Que fais-tu ici? dit le petit prince.

— Je trie les voyageurs, par paquets de mille, dit l'aiguilleur. J'expédie les trains qui les emportent, tantôt vers la droite, tantôt vers la gauche.

Et un rapide illuminé, grondant comme le tonnerre, fit trembler la cabine d'aiguillage.

— Ils sont bien pressés, dit le petit prince. Que cherchent-ils?

— L'homme de la locomotive l'ignore lui-même, dit l'aiguilleur.

Et gronda, en sens inverse, un second rapide illuminé.

— Ils reviennent déjà? demanda le petit prince…

— Ce ne sont pas les mêmes, dit l'aiguilleur. C'est un échange.

— Ils n'étaient pas contents, là où ils étaient?

— On n'est jamais content là où l'on est, dit l'aiguilleur.

Et gronda le tonnerre d'un troisième rapide illuminé.

— Ils poursuivent les premiers voyageurs? demanda le petit prince.

— Ils ne poursuivent rien du tout, dit l'aiguilleur. Ils dorment là-dedans, ou bien ils bâillent. Les enfants seuls écrasent leur nez contre les vitres.

CHAPTER XXII

"Good morning," said the little prince.

"Good morning," said the railway switchman.

"What do you do here?" the little prince asked.

"I sort travellers, in packs of a thousand," said the switchman. "I dispatch the trains that carry them: sometimes to the right, sometimes to the left."

And a brilliantly lit express train, rumbling like thunder, shook the switchman's cabin.

"They really are in a hurry," said the little prince. "What is it that they're looking for?"

"Not even the locomotive engineer knows that," said the switchman.

A second brilliantly lit express thundered by in the opposite direction.

"Are they back already?" asked the little prince.

"These aren't the same ones," said the switchman. "It's an exchange."

"Weren't they happy where they were?"

"No one is ever happy where they are," said the switchman.

A third brilliantly lit express thundered by.

"Are they chasing after the first travellers?" asked the little prince.

"They aren't chasing after anything at all," said the switchman. "They're asleep in there, or if not, they're yawning. Only the children are squashing their noses up against the windows."

— Les enfants seuls savent ce qu'ils cherchent, fit le petit prince. Ils perdent du temps pour une poupée de chiffons, et elle devient très importante, et si on la leur enlève, ils pleurent…

— Ils ont de la chance, dit l'aiguilleur.

"Only the children know what they're after," said the little prince. "They waste their time with a rag doll and it becomes very important to them; and if someone takes it away from them, they cry…"

"They're lucky," said the switchman.

CHAPITRE XXIII

— Bonjour, dit le petit prince.

— Bonjour, dit le marchand.

C'était un marchand de pilules perfection-nées qui apaisent la soif. On en avale une par semaine et l'on n'éprouve plus le besoin de boire.

— Pourquoi vends-tu ça? dit le petit prince.

— C'est une grosse économie de temps, dit le marchand. Les experts ont fait des calculs. On épargne cinquante-trois minutes par semaine.

— Et que fait-on de ces cinquante-trois minutes?

— On en fait ce que l'on veut…

« Moi, se dit le petit prince, si j'avais cinquante-trois minutes à dépenser, je marcherais tout doucement vers une fontaine… »

CHAPTER XXIII

"Good morning," said the little prince.

"Good morning," said the merchant.

This was a merchant who sold pills that had been created to quench thirst. You take one pill a week, and you no longer feel the need to drink anything.

"Why are you selling those?" asked the little prince.

"It's a big time saver," said the merchant. "Experts have done calculations. You save fifty-three minutes per week."

"And what do I do with the fifty-three minutes?"

"You can do anything you like with them…"

"Myself," the little prince said to himself, "if I had fifty-three minutes to spend as I liked, I'd walk very slowly toward a spring of fresh water."

CHAPITRE XXIV

Nous en étions au huitième jour de ma panne dans le désert, et j'avais écouté l'histoire du marchand en buvant la dernière goutte de ma provision d'eau:

— Ah! dis-je au petit prince, ils sont bien jolis, tes souvenirs, mais je n'ai pas encore réparé mon avion, je n'ai plus rien à boire, et je serais heureux, moi aussi, si je pouvais marcher tout doucement vers une fontaine!

— Mon ami le renard, me dit-il...

— Mon petit bonhomme, il ne s'agit plus du renard!

— Pourquoi?

— Parce qu'on va mourir de soif...

Il ne comprit pas mon raisonnement, il me répondit:

— C'est bien d'avoir eu un ami, même si l'on va mourir. Moi, je suis bien content d'avoir eu un ami renard...

« Il ne mesure pas le danger, me dis-je. Il n'a jamais ni faim ni soif. Un peu de soleil lui suffit... »

Mais il me regarda et répondit à ma pensée:

— J'ai soif aussi... cherchons un puits...

J'eus un geste de lassitude: il est absurde de chercher un puits, au hasard, dans l'immensité du désert. Cependant nous nous mîmes en marche.

CHAPTER XXIV

We were at the eighth day since my accident in the desert, and I'd listened to the story of the merchant as I drank the last drop of my water supply.

"Ah," I said to the little prince, "these memories of yours are very charming; but I haven't managed to repair my plane yet, I have nothing left to drink, and I, too, would be happy if I could walk slowly towards a spring of fresh water!"

"My friend the fox—" he said to me.

"My dear fellow, our situation has nothing to do with the fox anymore!"

"Why not?"

"Because we will die of thirst..."

He didn't follow my reasoning, and he answered me:

"It's nice to have had a friend, even if you're about to die. Myself, I'm glad to have had a fox as a friend..."

"He never considers the danger," I said to myself. "He's never been hungry or thirsty. A little sunshine is all he needs..."

But he looked at me and replied to my thought:

"I'm also thirsty. Let's look for a well..."

I made a gesture of weariness: it's absurd to look for a well, at random, in the immensity of the desert. But we started walking anyway.

Quand nous eûmes marché, des heures, en silence, la nuit tomba, et les étoiles commencèrent de s'éclairer. Je les apercevais comme en rêve, ayant un peu de fièvre, à cause de ma soif. Les mots du petit prince dansaient dans ma mémoire:

— Tu as donc soif, toi aussi? lui demandai-je.

Mais il ne répondit pas à ma question.
Il me dit simplement:

— L'eau peut aussi être bonne pour le cœur…

Je ne compris pas sa réponse mais je me tus…
Je savais bien qu'il ne fallait pas l'interroger.

Il était fatigué. Il s'assit. Je m'assis auprès de lui.
Et, après un silence, il dit encore:

— Les étoiles sont belles, à cause d'une fleur que l'on ne voit pas…

Je répondis « bien sûr » et je regardai, sans parler, les plis du sable sous la lune.

— Le désert est beau, ajouta-t-il.

Et c'était vrai. J'ai toujours aimé le désert. On s'assoit sur une dune de sable. On ne voit rien. On n'entend rien. Et cependant quelque chose rayonne en silence…

— Ce qui embellit le désert, dit le petit prince, c'est qu'il cache un puits quelque part…

When we had walked for hours in silence, night fell, and the stars began to come out. I saw them as if in a dream, as my thirst had made me feverish. The little prince's words danced in my memory:

"So you're also thirsty?" I asked him.

But he didn't reply to my question.
He said simply:

"Water can be good for the heart too…"

I didn't understand his answer, but I said nothing. I knew better than to press my questions.

He was tired. He sat down. I sat down beside him. And, after a silence, he spoke again:

"The stars are beautiful because of a flower that can't be seen."

I replied, "That's true." And I looked, without saying anything, at the folds of sand in the moonlight.

"The desert is beautiful," the little prince added.

And it was true. I have always loved the desert. You sit down on a sand dune. You see nothing. You hear nothing. And yet something radiates forth in the silence…

"What makes the desert beautiful," said the little prince, "is that somewhere it hides a well…"

Je fus surpris de comprendre soudain ce mystérieux rayonnement du sable. Lorsque j'étais petit garçon j'habitais une maison ancienne, et la légende racontait qu'un trésor y était enfoui. Bien sûr, jamais personne n'a su le découvrir, ni peut-être même ne l'a cherché. Mais il enchantait toute cette maison. Ma maison cachait un secret au fond de son cœur…

— Oui, dis-je au petit prince, qu'il s'agisse de la maison, des étoiles ou du désert, ce qui fait leur beauté est invisible!

— Je suis content, dit-il, que tu sois d'accord avec mon renard.

Comme le petit prince s'endormait, je le pris dans mes bras, et me remis en route. J'étais ému. Il me semblait porter un trésor fragile. Il me semblait même qu'il n'y eût rien de plus fragile sur la Terre. Je regardais, à la lumière de la lune, ce front pâle, ces yeux clos, ces mèches de cheveux qui tremblaient au vent, et je me disais: « Ce que je vois là n'est qu'une écorce. Le plus important est invisible… »

Comme ses lèvres entr'ouvertes ébauchaient un demi-sourire je me dis encore: « Ce qui m'émeut si fort de ce petit prince endormi, c'est sa fidélité pour une fleur, c'est l'image d'une rose qui rayonne en lui comme la flamme d'une lampe, même quand il dort… » Et je le devinai plus fragile encore. Il faut bien protéger les lampes: un coup de vent peut les éteindre…

Et, marchant ainsi, je découvris le puits au lever du jour.

I was surprised to suddenly understand this mysterious radiation of the sands. When I was a little boy I lived in an old house, and legend told that a treasure was buried there. Of course, no one had ever been able to find it, or perhaps no one had even looked for it. But it cast an enchantment over that house. My home was hiding a secret in the depths of its heart…

"Yes," I said to the little prince. "Whether the house, the stars, or the desert, what gives them their beauty is something invisible!"

"I'm glad," he said, "that you agree with my fox."

As the little prince fell asleep, I took him in my arms and set out walking again. I felt deeply moved. It seemed to me that I was carrying a very fragile treasure. It even seemed to me that there was nothing more fragile on Earth. I looked in the moonlight at his pale forehead, his closed eyes, his locks of hair that trembled in the wind, and I said to myself: "What I see here is only a shell. That which is most important is invisible…"

As his slightly parted lips gave way to a half-smile, I continued: "What I find so deeply moving about this little sleeping prince is his devotion to a flower; it's the image of a rose that shines in him like the flame of a lamp, even when he's sleeping…" And I came to think of him as even more fragile. One has to look after lamps: a gust of wind can put them out…

And, continuing to walk, I found the well at daybreak.

CHAPITRE XXV

— Les hommes, dit le petit prince, ils s'enfournent dans les rapides, mais ils ne savent plus ce qu'ils cherchent. Alors ils s'agitent et tournent en rond…

"Men," said the little prince, "stuff themselves into express trains, but they don't know what they're looking for. So they rush about, and go round in circles…"

Et il ajouta:

And he added:

— Ce n'est pas la peine…

"It's not worth it…"

Le puits que nous avions atteint ne ressemblait pas aux puits sahariens. Les puits sahariens sont de simples trous creusés dans le sable. Celui-là ressemblait à un puits de village. Mais il n'y avait là aucun village, et je croyais rêver.

The well that we had reached wasn't like the other wells of the Sahara. The wells of the Sahara are mere holes dug in the sand. This one looked like a village well. But there was no village there, and I thought I was dreaming.

— C'est étrange, dis-je au petit prince, tout est prêt: la poulie, le seau et la corde…

"It's strange," I said to the little prince, "Everything's been prepared: the pulley, the bucket, and the rope…"

Il rit, toucha la corde, fit jouer la poulie.

He laughed, took the rope, and put the pulley to work.

Et la poulie gémit comme gémit une vieille girouette quand le vent a longtemps dormi.

And the pulley moaned like an old weathervane when there has long been no wind.

— Tu entends, dit le petit prince, nous réveillons ce puits et il chante…

"Can you hear that?" said the little prince, "We've woken up the well, and it's singing…"

Je ne voulais pas qu'il fît un effort:

I didn't want him to tire himself out.

— Laisse-moi faire, lui dis-je, c'est trop lourd pour toi.

"Let me do it," I said, "It's too heavy for you."

Lentement je hissai le seau jusqu'à la margelle. Je l'y installai bien d'aplomb. Dans mes oreilles durait le chant de la poulie et, dans l'eau qui tremblait encore, je voyais trembler le soleil.

I hoisted the bucket slowly to the edge of the well and set it down good and level. The song of the pulley continued in my ears, and in the still trembling water I could see the sunlight shimmer.

— J'ai soif de cette eau-là, dit le petit prince, donne-moi à boire…

"I'm thirsty for this water," said the little prince. "Give me some to drink…"

Et je compris ce qu'il avait cherché!

Je soulevai le seau jusqu'à ses lèvres. Il but, les yeux fermés. C'était doux comme une fête. Cette eau était bien autre chose qu'un aliment. Elle était née de la marche sous les étoiles, du chant de la poulie, de l'effort de mes bras. Elle était bonne pour le cœur, comme un cadeau. Lorsque j'étais petit garçon, la lumière de l'arbre de Noël, la musique de la messe de minuit, la douceur des sourires faisaient, ainsi, tout le rayonnement du cadeau de Noël que je recevais.

— Les hommes de chez toi, dit le petit prince, cultivent cinq mille roses dans un même jardin... et ils n'y trouvent pas ce qu'ils cherchent...

— Ils ne le trouvent pas, répondis-je...

— Et cependant ce qu'ils cherchent pourrait être trouvé dans une seule rose ou un peu d'eau...

— Bien sûr, répondis-je.

Et le petit prince ajouta:

— Mais les yeux sont aveugles. Il faut chercher avec le cœur.

J'avais bu. Je respirais bien. Le sable, au lever du jour, est couleur de miel. J'étais heureux aussi de cette couleur de miel. Pourquoi fallait-il que j'eusse de la peine...

— Il faut que tu tiennes ta promesse, me dit doucement le petit prince, qui, de nouveau, s'était assis auprès de moi.

— Quelle promesse?

And I knew then what he'd been looking for!

I raised the bucket to his lips. He drank, his eyes closed. It was as sweet as some special festival treat. This water was something very different from ordinary nourishment. It was born of the walk under the stars, of the song of the pulley, of the effort of my arms. It was good for the heart, like a present. When I was a little boy, the lights of the Christmas tree, the music of the Midnight Mass, the tenderness in the smiles produced, in a similar way, the radiance of the gift that I received.

"The men where you live," said the little prince, "grow five thousand roses in a single garden... and they don't find what they're looking for in it."

"They don't find it," I replied.

"And yet what they're looking for could be found in a single rose, or in a little water ..."

"That's true," I said.

And the little prince added:

"But the eyes are blind. You have to search with the heart..."

I had drunk the water. I breathed easily. The sand at sunrise is the color of honey. This honey color was also making me feel good. Why then did I have to have this sense of grief...

"You have to keep your promise," said the little prince softly, who had again sat down beside me.

"What promise?"

— Tu sais… une muselière pour mon mouton… je suis responsable de cette fleur!

Je sortis de ma poche mes ébauches de dessin. Le petit prince les aperçut et dit en riant:

— Tes baobabs, ils ressemblent un peu à des choux…

— Oh!

Moi qui étais si fier des baobabs!

— Ton renard… ses oreilles… elles ressemblent un peu à des cornes… et elles sont trop longues!

Et il rit encore.

— Tu es injuste, petit bonhomme, je ne savais rien dessiner que les boas fermés et les boas ouverts.

— Oh! ça ira, dit-il, les enfants savent.

Je crayonnai donc une muselière. Et j'eus le cœur serré en la lui donnant:

— Tu as des projets que j'ignore…

Mais il ne me répondit pas. Il me dit:

— Tu sais, ma chute sur la Terre… c'en sera demain l'anniversaire…

Puis après un silence il dit encore:

— J'étais tombé tout près d'ici…

Et il rougit.

Et de nouveau, sans comprendre pourquoi, j'éprouvai un chagrin bizarre. Cependant une question me vint:

"You know… a muzzle for my sheep… I'm responsible for this flower…"

I took my sketches out of my pocket. The little prince saw them, and laughed as he said:

"Your baobabs – they look a bit like cabbages."

"Oh!"

And I'd been so proud of my baobabs!

"Your fox… his ears… they look a bit like horns… and they're too long!"

And he laughed again.

"You aren't being fair, my little fellow. I don't know how to draw anything except boa constrictors, closed and open."

"Oh, it'll be all ok," he said, "children understand."

So I made a pencil sketch of a muzzle. And I felt a pang in my heart as I gave it to him.

"You have plans that I don't know about…"

But he didn't respond. He said to me:

"You know, my descent to earth… tomorrow will be its anniversary."

Then after a silence he went on:

"I came down very near here."

And he blushed.

And once again, without understanding why, I felt a peculiar sense of sorrow. One question occurred to me however:

— Alors ce n'est pas par hasard que, le matin où je t'ai connu, il y a huit jours, tu te promenais comme ça, tout seul, à mille milles de toutes les régions habitées! Tu retournais vers le point de ta chute?

Le petit prince rougit encore.

Et j'ajoutai, en hésitant :

— A cause, peut-être, de l'anniversaire ?...

Le petit prince rougit de nouveau. Il ne répondait jamais aux questions, mais, quand on rougit, ça signifie « oui », n'est-ce pas?

— Ah! lui dis-je, j'ai peur…

Mais il me répondit:

— Tu dois maintenant travailler. Tu dois repartir vers ta machine. Je t'attends ici. Reviens demain soir…

Mais je n'étais pas rassuré. Je me souvenais du renard. On risque de pleurer un peu si l'on s'est laissé apprivoiser…

"So it wasn't by chance that the morning I first met you, a week ago, you were out walking like that, all alone, a thousand miles from any inhabited region? You were going back to the place where you landed?"

The little prince blushed again.

And I added, hesitantly:

"Perhaps because of the anniversary…?"

The little prince blushed once more. He never answered questions, but when you blush, that means 'yes,' doesn't it?

"Oh," I said to him, "I'm worried—"

But he responded:

"Now you must work. You must go back to your engine. I'll wait for you here. Come back tomorrow evening…"

But I wasn't reassured. I remembered the fox. You run the risk of weeping a little, if you allow yourself to be tamed…

CHAPITRE XXVI

Il y avait, à côté du puits, une ruine de vieux mur de pierre. Lorsque je revins de mon travail, le lendemain soir, j'aperçus de loin mon petit prince assis là-haut, les jambes pendantes. Et je l'entendis qui parlait:

— Tu ne t'en souviens donc pas? disait-il. Ce n'est pas tout à fait ici!

Une autre voix lui répondit sans doute, puisqu'il répliqua:

— Si! Si! c'est bien le jour, mais ce n'est pas ici l'endroit…

Je poursuivis ma marche vers le mur. Je ne voyais ni entendais toujours personne. Pourtant le petit prince répliqua de nouveau:

CHAPTER XXVI

There was, next to the well, the ruin of an old stone wall. When I came back from my work, the next evening, I saw from a distance my little price sitting on top of it, his feet hanging down. And I heard him say:

"Don't you remember then?" he said. "This isn't the exact spot."

Another voice must have answered him, because he replied:

"Yes, yes! It's the right day, but this isn't the right place."

I continued my walk toward the wall. I still didn't see or hear anyone. Yet the little prince replied again:

— …Bien sûr. Tu verras où commence ma trace dans le sable. Tu n'as qu'à m'y attendre. J'y serai cette nuit…

J'étais à vingt mètres du mur et je ne voyais toujours rien.

Le petit prince dit encore, après un silence:

— Tu as du bon venin? Tu es sûr de ne pas me faire souffrir longtemps?

Je fis halte, le cœur serré, mais je ne comprenais toujours pas.

— Maintenant, va-t'en, dit-il… je veux redescendre!

Alors j'abaissai moi-même les yeux vers le pied du mur, et je fis un bond! Il était là, dressé vers le petit prince, un de ces serpents jaunes qui vous exécutent en trente secondes. Tout en fouillant ma poche pour en tirer mon revolver, je pris le pas de course, mais, au bruit que je fis, le serpent se laissa doucement couler dans le sable, comme un jet d'eau qui meurt, et, sans trop se presser, se faufila entre les pierres avec un léger bruit de métal.

Je parvins au mur juste à temps pour y recevoir dans les bras mon petit bonhomme de prince, pâle comme la neige.

— Quelle est cette histoire-là! Tu parles maintenant avec les serpents!

"…That's right. You'll see where my tracks begin in the sand. You just have to wait there for me. I'll be there tonight…"

I was twenty meters from the wall, and I still saw nothing.

The little prince spoke again, after a pause:

"Do you have good poison? Are you sure you won't make me suffer too long?"

I froze, my heart skipped a beat; but I still didn't understand.

"Now go away," he said, "I want to come down from here."

I then lowered my eyes to the foot of the wall, and I leapt up! Right there, facing the little prince was one of those yellow snakes that can kill you in thirty seconds flat. Even as I dug around in my pocked to take out my revolver, I made a running step back. But, at the noise I made, the snake let himself flow easily across the sand, like the dying spray of a fountain, and in no apparent hurry, slipped between the stones with a light metallic sound.

I reached the wall just in time to catch my little fellow in my arms, who was white as snow.

"What's going on here? Why are you talking with snakes?"

J'avais défait son éternel cache-nez d'or. Je lui avais mouillé les tempes et l'avais fait boire. Et maintenant je n'osais plus rien lui demander. Il me regarda gravement et m'entoura le cou de ses bras. Je sentais battre son cœur comme celui d'un oiseau qui meurt, quand on l'a tiré à la carabine. Il me dit:

— Je suis content que tu aies trouvé ce qui manquait à ta machine. Tu vas pouvoir rentrer chez toi…

— Comment sais-tu!

Je venais justement lui annoncer que, contre toute espérance, j'avais réussi mon travail!

Il ne répondit rien à ma question, mais il ajouta:

— Moi aussi, aujourd'hui, je rentre chez moi…

Puis, mélancolique:

— C'est bien plus loin… c'est bien plus difficile…

Je sentais bien qu'il se passait quelque chose d'extraordinaire. Je le serrais dans les bras comme un petit enfant, et cependant il me semblait qu'il coulait verticalement dans un abîme sans que je puisse rien pour le retenir…

Il avait le regard sérieux, perdu très loin:

— J'ai ton mouton. Et j'ai la caisse pour le mouton. Et j'ai la muselière…

Et il sourit avec mélancolie.

J'attendis longtemps. Je sentais qu'il se réchauffait peu à peu:

I'd loosened the golden muffler that he always wore. I'd moistened his temples and had him drink. And now I didn't dare ask him anything more. He looked at me gravely and put his arms around my neck. I felt his heart beat like the heart of a dying bird, when shot with a rifle. He said to me:

"I'm glad that you've found what was wrong with your engine. Now you'll be able to go back home—"

"How did you know!"

I was just coming to tell him that, against all odds, my work had been successful.

He made no answer to my question, but he added:

"I'm also going back home today…"

Then he said sadly:

"It's a lot further… it's much more difficult…"

I felt very clearly that something extraordinary was happening. I held him tightly in my arms like a small child; and yet it seemed to me that he was plummeting down into an abyss, and that I could do nothing to restrain him…

He had a serious look, as if lost far away.

"I have your sheep. And I have the box for the sheep. And I have the muzzle…"

And he smiled sadly.

I waited a long while. I could feel that he was reviving little by little.

— Petit bonhomme, tu as eu peur…

Il avait eu peur, bien sûr! Mais il rit doucement:

— J'aurai bien plus peur ce soir…

De nouveau je me sentis glacé par le sentiment de l'irréparable. Et je compris que je ne supportais pas l'idée de ne plus jamais entendre ce rire. C'était pour moi comme une fontaine dans le désert.

— Petit bonhomme, je veux encore t'entendre rire…

Mais il me dit:

— Cette nuit, ça fera un an. Mon étoile se trouvera juste au-dessus de l'endroit où je suis tombé l'année dernière…

— Petit bonhomme, n'est-ce pas que c'est un mauvais rêve cette histoire de serpent et de rendez-vous et d'étoile…

Mais il ne répondit pas à ma question.
Il me dit:

— Ce qui est important, ça ne se voit pas…

— Bien sûr…

— C'est comme pour la fleur. Si tu aimes une fleur qui se trouve dans une étoile, c'est doux, la nuit, de regarder le ciel. Toutes les étoiles sont fleuries.

— Bien sûr…

C'est comme pour l'eau. Celle que tu m'as donnée à boire était comme une musique, à cause de la poulie et de la corde… tu te rappelles… elle était bonne.

"My little fellow," I said to him, "you're afraid…"

He was afraid, of course. But he laughed softly:

"I'll be much more afraid this evening…"

Again I felt myself frozen by the sense of something irreparable. And I knew that I couldn't bear the idea of never hearing that laughter again. For me, it was like a spring of fresh water in the desert.

"Little fellow," I said, "I want to hear you laugh again."

But he said to me:

"Tonight, it'll be a year. My star will be right above the spot where I came down to Earth, a year ago…"

"Little fellow, is this all a bad dream—this business with the snake, and the meeting-place, and the star…?"

But he didn't answer my question.
He said to me:

"That which is important can't be seen…"

"I know…"

"It's like with the flower. If you love a flower that's on a star, it's sweet to look at the sky at night. All the stars are covered with flowers…"

"I know…"

"It's like with the water. The water you gave me to drink was like music, because of the pulley, and the rope… you remember… it was good."

— Bien sûr…

— Tu regarderas, la nuit, les étoiles. C'est trop petit chez moi pour que je te montre où se trouve la mienne. C'est mieux comme ça. Mon étoile, ça sera pour toi une des étoiles. Alors, toutes les étoiles, tu aimeras les regarder… Elles seront toutes tes amies. Et puis je vais te faire un cadeau…

Il rit encore.

— Ah! petit bonhomme, petit bonhomme, j'aime entendre ce rire!

— Justement ce sera mon cadeau… ce sera comme pour l'eau…

— Que veux-tu dire?

— Les gens ont des étoiles qui ne sont pas les mêmes. Pour les uns, qui voyagent, les étoiles sont des guides. Pour d'autres elles ne sont rien que de petites lumières. Pour d'autres, qui sont savants, elles sont des problèmes. Pour mon businessman elles étaient de l'or. Mais toutes ces étoiles-là se taisent. Toi, tu auras des étoiles comme personne n'en a…

— Que veux-tu dire?

— Quand tu regarderas le ciel, la nuit, puisque j'habiterai dans l'une d'elles, puisque je rirai dans l'une d'elles, alors ce sera pour toi comme si riaient toutes les étoiles. Tu auras, toi, des étoiles qui savent rire!

Et il rit encore.

"I know…"

"At night you'll look at the stars. Where I live everything is too small for me to point out to you where my star is. It's better like that. My star will be for you just one of the stars. So you'll love to look at all of the stars… they'll all be your friends. And, besides, I'm going to make you a present…"

He laughed again.

"Ah, little fellow, dear little fellow!
I love to hear that laugh!"

"That's my present. Just that. It'll be like with the water…"

"What are you trying to say?"

"Everyone has the same stars, but they are not the same to everyone. For some, who are travelers, the stars are guides. For others they are nothing but little lights. For others, who are scholars, they are problems. For my businessman they were wealth. But none of these stars say anything back. You will have the stars as no one else has them…

"What are you trying to say?"

"When you look at the sky at night, because I'll be living on one of them, because I'll be laughing on one of them, for you it'll be like all the stars are laughing. You – only you – will have stars that can laugh!"

And he laughed again.

— Et quand tu seras consolé (on se console toujours) tu seras content de m'avoir connu. Tu seras toujours mon ami. Tu auras envie de rire avec moi. Et tu ouvriras parfois ta fenêtre, comme ça, pour le plaisir… Et tes amis seront bien étonnés de te voir rire en regardant le ciel. Alors tu leur diras: « Oui, les étoiles, ça me fait toujours rire! » Et ils te croiront fou. Je t'aurai joué un bien vilain tour…

Et il rit encore.

— Ce sera comme si je t'avais donné, au lieu d'étoiles, des tas de petits grelots qui savent rire…

Et il rit encore. Puis il redevint sérieux:

— Cette nuit… tu sais… ne viens pas.

— Je ne te quitterai pas.

— J'aurai l'air d'avoir mal… j'aurai un peu l'air de mourir. C'est comme ça. Ne viens pas voir ça, ce n'est pas la peine…

— Je ne te quitterai pas.

Mais il était soucieux.

"And when your sorrow is comforted (time heals all wounds) you'll be glad to have known me. You'll always be my friend. You'll want to laugh with me. And sometimes, you'll open your window, just like that, for fun… And your friends will be very surprised to see you laughing whilst watching the sky. So you'll tell them, "Yes, the stars always make me laugh!" And they'll think you're crazy. I will have played a dirty trick on you…

And he laughed again.

"It'll be as if I'd given you, instead of stars, lots and lots of little bells that can laugh…"

And he laughed some more. Then he suddenly became serious again:

"Tonight… you know… don't come."

"I won't leave you."

"It'll look as if I'm suffering… It'll look a bit as if I'm dying. It's like that. Don't come to see that. It's not worth it…"

"I won't leave you."

But he was worried.

— Je te dis ça… c'est à cause aussi du serpent. Il ne faut pas qu'il te morde… Les serpents, c'est méchant. Ça peut mordre pour le plaisir…

— Je ne te quitterai pas.

Mais quelque chose le rassura:

— C'est vrai qu'ils n'ont plus de venin pour la seconde morsure…

Cette nuit-là je ne le vis pas se mettre en route. Il s'était évadé sans bruit. Quand je réussis à le rejoindre il marchait décidé, d'un pas rapide.
Il me dit seulement:

— Ah! tu es là…

Et il me prit par la main. Mais il se tourmenta encore:

— Tu as eu tort. Tu auras de la peine. J'aurai l'air d'être mort et ce ne sera pas vrai…

Moi je me taisais.

— Tu comprends. C'est trop loin. Je ne peux pas emporter ce corps-là. C'est trop lourd.

Moi je me taisais.

— Mais ce sera comme une vieille écorce abandonnée. Ce n'est pas triste les vieilles écorces…

Moi je me taisais.

Il se découragea un peu. Mais il fit encore un effort:

— Ce sera gentil, tu sais. Moi aussi, je regarderai les étoiles. Toutes les étoiles seront des puits avec une poulie rouillée. Toutes les étoiles me verseront à boire…

"I'm telling you this— it's also because of the snake. He mustn't bite you… Snakes are mean. They can bite you just for fun…"

"I won't leave you."

But something reassured him:

"It's true that they have no poison left for a second bite."

That night I didn't see him set out. He got away without making a sound. When I managed to catch him up, he was walking along determinedly, at a brisk pace. He said to me only:

"Oh! You came…"

And he took me by the hand. But he was still worrying.

"You've made a mistake. You'll suffer. It'll look as if I'm dead, and that won't be true…"

I said nothing.

"You understand. It's too far. I can't carry this body with me. It's too heavy."

I said nothing.

"But it'll be like an old abandoned shell. There's nothing sad about old shells…"

I said nothing.

He got a bit discouraged. But he made one more effort:

"You know, it'll be nice. I'll also look at the stars. All the stars will be wells with a rusty pulley. All the stars will pour out fresh water for me to drink…"

Moi je me taisais.

— Ce sera tellement amusant! Tu auras cinq cents millions de grelots, j'aurai cinq cents millions de fontaines…

Et il se tut aussi, parce qu'il pleurait.

— C'est là. Laisse-moi faire un pas tout seul.

Et il s'assit parce qu'il avait peur.
Il dit encore:

— Tu sais… ma fleur… j'en suis responsable! Et elle est tellement faible! Et elle est tellement naïve. Elle a quatre épines de rien du tout pour la protéger contre le monde…

Moi je m'assis parce que je ne pouvais plus me tenir debout. Il dit:

— Voilà… C'est tout…

Il hésita encore un peu, puis il se releva. Il fit un pas. Moi je ne pouvais pas bouger.

Il n'y eut rien qu'un éclair jaune près de sa cheville. Il demeura un instant immobile. Il ne cria pas. Il tomba doucement comme tombe un arbre. Ça ne fit même pas de bruit, à cause du sable.

I said nothing.

"It'll be so much fun! You'll have five hundred million little bells, and I'll have five hundred million springs of fresh water…"

And then he too was silent, because he was crying.

"Here's the place. Let me go on by myself."

And he sat down because he was afraid.
He said:

"You know – my flower… I'm responsible for her. And she's so weak! And she's so naïve! She has four thorns, of no use at all, to protect herself against the entire world…"

I sat down too because I was no longer able to stand. He said:

"There… that's everything…"

He hesitated a bit, and then stood back up. He took one step. I couldn't move.

There was nothing but a yellow flash close to his ankle. He remained motionless for an instant. He didn't cry out. He fell as gently as a tree falls. There was not even any sound, because of the sand.

CHAPITRE XXVII

Et maintenant bien sûr, ça fait six ans déjà… Je n'ai jamais encore raconté cette histoire. Les camarades qui m'ont revu ont été bien contents de me revoir vivant. J'étais triste mais je leur disais: « C'est la fatigue… »

Maintenant je me suis un peu consolé. C'est-à-dire… pas tout à fait. Mais je sais bien qu'il est revenu à sa planète, car, au lever du jour, je n'ai pas retrouvé son corps. Ce n'était pas un corps tellement lourd… Et j'aime la nuit écouter les étoiles. C'est comme cinq cents millions de grelots…

Mais voilà qu'il se passe quelque chose d'extraordinaire. La muselière que j'ai dessinée pour le petit prince, j'ai oublié d'y ajouter la courroie de cuir! Il n'aura jamais pu l'attacher au mouton. Alors je me demande: « Que s'est-il passé sur sa planète? Peut-être bien que le mouton a mangé la fleur… »

Tantôt je me dis: « Sûrement non! Le petit prince enferme sa fleur toutes les nuits sous son globe de verre, et il surveille bien son mouton… » Alors je suis heureux. Et toutes les étoiles rient doucement.

Tantôt je me dis: « On est distrait une fois ou l'autre, et ça suffit! Il a oublié, un soir, le globe de verre, ou bien le mouton est sorti sans bruit pendant la nuit… » Alors les grelots se changent tous en larmes!…

CHAPTER XXVII

And now of course, it's already been six years… I had never yet told this story. The companions who met me were very happy to see me alive again. I was sad, but I told them: "It's because I'm tired…"

Now my sorrow is comforted a little. I mean… not entirely. But I do know that he got back to his planet, because at daybreak I didn't find his body. It wasn't a very heavy body… And I love to listen to the stars at night. It's just like five hundred million little bells…

But there is one extraordinary thing. When I drew the muzzle for the little prince, I forgot to add the leather strap to it. He would never have been able to fasten it to the sheep. So I wonder: what happened on his planet? It may well be the sheep ate the flower…

Sometimes I tell myself: "Surely not! The little prince shuts his flower under her glass dome every night, and he watches over his sheep very carefully…" Then I'm happy. And all the stars laugh sweetly.

Other times I tell myself: "Everyone is absent-minded at some point, and that's all it takes! One evening he would've forgotten the glass dome, or maybe the sheep got out quietly during the night…" And then the little bells turn to tears…

C'est là un bien grand mystère. Pour vous qui aimez aussi le petit prince, comme pour moi, rien de l'univers n'est semblable si quelque part, on ne sait où, un mouton que nous ne connaissons pas a, oui ou non, mangé une rose…

Regardez le ciel. Demandez-vous: « Le mouton oui ou non a-t-il mangé la fleur? » Et vous verrez comme tout change…

Et aucune grande personne ne comprendra jamais que ça a tellement d'importance!

Herein lies a great mystery. For you, who also love the little prince, just like for me, nothing in the universe is the same if somewhere out there, a sheep that we have never seen has – has it? – eaten a rose…

Look at the sky. Ask yourselves: Has the sheep – yes or no – eaten the flower? And you will see how everything changes…

And no grown-up will ever understand that this is a matter of such importance!

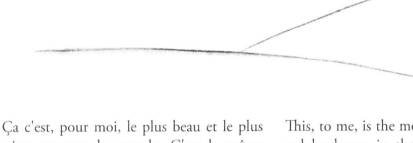

Ça c'est, pour moi, le plus beau et le plus triste paysage du monde. C'est le même paysage que celui de la page précédente, mais je l'ai dessiné une fois encore pour bien vous le montrer. C'est ici que le petit prince a apparu sur terre, puis disparu.

Regardez attentivement ce paysage afin d'être sûrs de le reconnaître, si vous voyagez un jour en Afrique, dans le désert. Et, s'il vous arrive de passer par là, je vous en supplie, ne vous pressez pas, attendez un peu juste sous l'étoile ! Si alors un enfant vient à vous, s'il rit, s'il a des cheveux d'or, s'il ne répond pas quand on l'interroge, vous devinerez bien qui il est. Alors soyez gentils ! Ne me laissez pas tellement triste: écrivez-moi vite qu'il est revenu...

This, to me, is the most beautiful and most sad landscape in the world. It's the same landscape as the one on the previous page, but I have drawn it again to show it to you properly. It's here that the little prince appeared on Earth, and then disappeared.

Look at this landscape carefully, so as to be sure to recognise it if one day you travel in Africa, in the desert. And if you happen to pass by there, I beg you, don't hurry on, wait a while exactly under the star. If a child then comes to you, if he laughs, if he has golden hair, if he doesn't respond when questioned, you'll easily guess who it is. So think of me! Save me from this sorrow: write to me quickly, to tell me he's back…